CARROUSEL

Livre - 1

Le Styx

Michel Lample

⁊ Roman ⁋

V2.2.4 2nde Édition

ISBN: 978-2-9587436-3-5

Dépôt légal : Janvier 2024

À mon épouse, pour son soutien,

à Pierrick, pour ses idées.

Chapitre I

Cabaret

*Infierno? C'est là où les âmes
damnées veulent aller, et pas les
autres. L'enfer ne prend que ceux
qui le souhaitent.*

A H CES CAPITALES ! Quand il fait nuit et
qu'il pleut, ce sont des trous à lumière,
des laboratoires à ombres et des
fonderies pour les plus cruelles sombreurs.
Et ça n'est pas l'éclat de leurs vitrines, leurs
lampadaires ni même leurs colonnes de
taxis processionnaires qui leur éviteront de
devenir les antres des plus profondes ténèbres.
D'ailleurs, à peine à l'écart de cette galaxie
d'étoiles et de phares, voilà les gnomes de
l'obscurité qui révèlent aux passants les plus
noires modalités de leurs nuits : ici, les femmes

abandonnées au rez des froids et humides studios ; plus loin, les dealers au négoce de la misère, non loin des sacs à ordures où ont fini leurs clients ; et ailleurs encore, les chiens des uns —ou les rats des autres—, ces trucs qui s'excitent dans le noir et qui grognent en dépeçant la chair de quelques sacs de plastique.

À croire que même avec leurs bougies, leur gaz, le feu d'Hermès et l'électricité qui a donné aux hommes le pouvoir de s'affranchir de la sorgue, ces derniers n'ont rien trouvé de mieux que de murer leurs ciels comme on mure les puits, et de bâtir leurs capitales de lumière autour de leur propre cul-de-basse-fosse : une cour des miracles, perpétuellement recommencée, où ils joueront à loisir les maîtres et les esclaves de leur propre domination.

Alors décidément oui, les capitales, quand il fait nuit et qu'il pleut, ce sont comme des mitards.

* * *

Il se trouvait quand même un homme pour apparaître furtivement dans l'ombre de ces impasses : assez jeune, la tête baissée sous un petit hombourg et les mains bien au chaud au fond des poches de son pardessus —rien qui ne l'aurait distingué des autres passants dans ces années soixante-dix—, il marchait, sans trop savoir où il allait, et pressé d'éviter

6

l'averse autant que l'étrange faune qui avait élu domicile dans ces rues. De temps en temps, il écartait le pas pour éviter un sac ou bien un corps. Quand il relevait la tête pour esquiver le mât d'un lampadaire, on voyait perler sur son visage, qui n'avait pas encore les marques de la trentaine, les gouttes d'une pluie drue et froide que ne pouvait lui épargner le rebord trop étroit de son chapeau.

Voici moins d'une heure, et ce malgré un ciel aigre et gris qui annonçait déjà l'intempérie, il avait troqué sa petite chambre d'hôtel pour la découverte d'un univers inconnu : celui d'une autre ville, d'un autre pays, et d'autres gens peut-être. Seulement, la rue principale résonnait d'un tel tumulte de klaxons, d'un tel bourdonnement de moteurs en plus du brouhaha insupportable de ses trottoirs, que le jeune homme s'en était rapidement écarté au profit de quartiers plus tranquilles, mais qui étaient aussi les plus inquiétants de la capitale.

C'est que, par-dessus tout, il n'aimait pas le bruit : ça embouteillait ses oreilles, ça étouffait la respiration de son esprit. Il disait même que ça empêchait ses instincts de « *bien voir* ». Et ce qu'il voyait maintenant dans l'obscurité n'était pas non plus pour le rassurer. D'ailleurs, il se demandait ce qu'il allait bien pouvoir raconter de sa visite une fois rentré chez lui : demain matin, allait décoller l'avion pour l'Allemagne, et il n'aurait rien de très réjouissant à relater à son amour qui l'attendait là-bas. Quoi d'autre, en effet, que le récit des longues artères lumineuses d'une gigantesque ville, son tapage incessant, les chambres sordides de ses hôtels, et puis ses inquiétantes ruelles avec leurs rats et leur misère ?

Pour le reste, il ne pouvait pas trop en parler... Il s'interdisait même d'en parler : toute la journée s'était passée dans les bureaux de *l'Intelligence Service* où il avait rapporté dans le détail tout ce qu'il avait appris, vu et entendu dans son pays communiste d'Europe occidentale [1]. Il pensait que la maigreur des renseignements communiqués à ses hôtes, les chiffres et témoignages, et d'une manière générale, les quelques informations qu'il avait apprises par cœur, lui auraient valu une à deux heures d'entretiens tout au plus. Mais dans les faits, il y avait été questionné toute la journée. On lui avait même demandé de consigner tout ça par écrit, de confirmer les chiffres, de préciser des schémas...

Certes, c'était sa mission : un visa sous le prétexte fallacieux de représenter à l'export le savoir-faire de son entreprise, un billet d'avion, dormir en vol, une petite chambre d'hôtel parce qu'il n'avait pas les moyens de plus, puis une poignée de main avec ces individus de *l'Intelli-*

----

1. La RDA : République Démocratique d'Allemagne ; anciennement "Allemagne de l'Est"

gence Service qui, disaient-ils, étaient là « *pour l'aider* » lui et son pays !

* * *

L'aider ! Tu parles !... Il avait un goût amer dans la bouche. D'un côté, avec sa *Julia* qui attendait son retour, ils n'étaient plus les seuls de la jeunesse allemande à agir et à œuvrer dans la clandestinité et le secret pour que *ça change*, pour que leur RDA sorte enfin de sa dictature. Mais de l'autre, il n'avait pas vraiment l'impression que son action d'*espion* servait réellement la noblesse de sa cause. Partant, en ces heures froides et humides, la prétendue grandeur de son geste semblait se dissoudre dans cette pluie glaciale, et rejoindre avec le reste les égouts des rues les plus sordides de ce pays.

« *Bah ! Tout sera fini demain* », pensa-t-il tout haut. Et il baissa la tête encore plus, comme s'il essayait de se cacher à lui-même, plus qu'à la pluie.

Il marchait sans boussole dans des rues quasi-désertes. Ses pensées n'étaient que pour sa Julia : elle et lui n'étaient que quelques petites mains, des jeunes gens révoltés, pour que leur patrie devienne enfin respectable : une « *grande nation moderne !* ». Mais de là à devenir une démocratie comme celle qu'il avait sous les yeux, et dont la misère envinée l'interpellait grossièrement à ses pieds ? Il n'en avait cure :

c'est son pays et lui seul qui l'intéressait, celui de ses *Erzgebirge* [2], de ses vallées vertes et de ses sommets enneigés, et surtout, le pays du doux visage de la jeune fille qui l'attendrait à son retour, et de l'avenir qu'ils allaient construire ensemble.

* * *

Pourtant, depuis le fond d'une impasse qu'aucun lampadaire ne devait soustraire aux ténèbres, jaillissait la lumière d'une petite vitrine. Immédiatement, le jeune homme se demanda ce qu'on pouvait bien vendre, là-bas, dans une voie si sombre et si loin de tout commerce ? Cependant, la curiosité l'emportant très vite sur la crainte d'une mauvaise rencontre, il se rapprocha pour découvrir qu'il était devant l'entrée d'un... cabaret ! Un étrange cabaret qui faisait l'important dans son impasse perdue, et pourtant à l'étroite devanture, à la basse porte de bois avec ses vitraux art-déco et dont le singulier *sandwich board*, abandonné en plein milieu du trottoir désert, annonçait :

Bonne humeur !
Musique, dîner, spectacle...

Mais surtout la promesse d'être au sec ! Alors « *Pourquoi pas !* » se disait le jeune homme

---

2. Monts métallifères du sud de la RDA

10

qui esquissa son premier sourire de la journée. C'est qu'au-dessus de lui, les rafales de pluie redoublaient, mais surtout, les quelques notes de musique qui passaient par la porte du cabaret avivaient en lui un insupportable sentiment de solitude.

Baissant les yeux sur le pommeau de la porte, il pouvait lire :

Ce soir : Magie !

Génial... Il entra !

* * *

Au même moment, l'une des rares voitures qui, tout feux allumés, passait dans le quartier, quittait la voie principale pour s'engouffrer en trombe dans l'impasse déserte. C'était une luxueuse *Imperial LeBaron* de 1961, noire comme la nuit et qui dansait encore sur ses ressorts une fois qu'elle eut brutalement freiné devant l'entrée des artistes quelques mètres plus loin.

Il en descendit aussitôt un individu de belle taille, bien bâti quoique fantasque, avec une fine moustache aussi noire que ses cheveux qui auraient été gris s'ils n'avaient été soigneusement teintés. Superbement vêtu d'étoffes de jais aux reflets chatoyants, il avait, aux mains, des gants blancs qui serraient une canne au pommeau doré, et sur ses épaules, une large cape dont il jouait avec un réel plaisir. Cependant qu'il examinait les alentours —et peut-être aussi, un peu contrarié par la pluie sur ses épaules et ses cheveux impeccablement peignés—, s'ouvrait la porte du cabaret :

—Ah! vous voilà! disait avec irritation celui qui était brutalement sorti jusque sur le trottoir : un petit homme sec en gilet bien serré, pantalon à pinces avec de larges bretelles.

Tout en mâchouillant un gros cigare qui le remontait à une position de *Boss*, l'homme à la trop grasse chevelure bouclée continuait avec colère :

—Ben alors? C'est qu'on n'attendait plus que vous!

Devant lui, l'homme à la cape semblait un instant étonné... rien qu'un instant :

—Mais... nous voici!

—Il était temps, piaffait le petit bonhomme, parce que même si vous ne faites que de la magie, vous avez encore tous vos accessoires à installer... Alors presses-vous, votre numéro doit commencer d'un instant à l'autre!

Devant l'excité, l'homme à la cape tendit d'abord sa main gantée pour aussitôt l'enfiler sous sa pèlerine; il en ressortit un superbe chapeau haut de forme qu'il fit tournoyer sur son index avant de le déposer sur son chef. Et puis avec tout autant de classe, c'est sa canne qu'il leva bien en l'air, pour l'ouvrir en un large parapluie avec lequel il alla en quelques bonds ouvrir la portière arrière de la limousine. Une superbe jeune femme en sortit lentement : avec mille manières de star, elle offrit d'abord sa main puis déplia ses longues jambes entièrement gainées d'un cuir noir serré comme une seconde peau ; enfin, elle se redressa fièrement du haut de sa stature et ajusta ses longs cheveux, crêpés et cintrés d'un bandeau blanc. Son visage, bien loin des standards hollywoodiens, avait des traits un peu sauvages qui lui donnaient un air sombre et dédaigneux. Curieusement aussi, elle portait à son cou une unique parure : un étrange collier de vieux fer, large, et maladroitement serti de quelques pierres, noires comme l'ébène.

— Mon chapeau, ma canne, et... mon assistante, tout est là ! dit le *magicien* révérencieux avant d'inviter sa partenaire à passer devant lui la porte du cabaret.

Le patron fut un peu obligé de laisser la place à ce couple, fier et hautain, qui lui passait sous le nez. Encore que, une fois dans leur dos, il ne put s'empêcher de raviver son irritation et de rajouter:

— Et la musique ? vous la faites avec quels musiciens votre musique ?... C'est que c'est au contrat !

Comme une aumône jetée, il reçut pour réponse : « *Pas d'inquiétude mon brave... vous n'en reviendrez pas !* »

Le cabaret était comble ! Ça grouillait d'un public d'habitués, qui riaient, s'interpellaient bruyamment, ou passaient de tablées en tablées, verre à la main, en tapant sur les épaules de leurs semblables ; une foule hilare autour de quelques dizaines de tables, déjà couvertes de nombreuses bouteilles.

La salle, bien chauffée, aux nappes rouges et aux draperies chatoyantes, s'offrait avec élégance à notre jeune homme qui était entré là un peu par hasard. Son célibat forcé était encore hésitant à pénétrer plus avant ce cercle de jolies filles, au physique accrocheur et au décolleté généreux, mais il céda quand même son manteau et son chapeau à l'hôtesse d'accueil, et accepta de se faire conduire entre les tables rondes, jouant des coudes et de mondanités jusqu'à la seule place encore disponible, c'est-à-dire, à deux pas de la scène aux rideaux encore clos.

Autour de lui, discutaient, riaient, s'ébattaient dans une joyeuse ambiance, des couples de jeunes comme de vieux : tout un arc-en-ciel d'élégantes en tenue légère et au bras d'hommes endimanchés. En plus des tablées d'amoureux, sourires aux lèvres et verres de champagne à la main, il s'y trouvait aussi des groupes de joyeux et bruyants compères ; quelques militaires amateurs de bière, ainsi que des confréries d'aristocrates amidonnés, dignement assis devant de belles assiettes et de tout aussi belles jeunettes.

Pourtant, de se retrouver tout seul à une table aussi petite qu'un guéridon, alors qu'autour de lui, tout un chacun semblait se connaître de longue date, le jeune homme eut un pincement de cœur et se demanda si c'était vraiment le meilleur endroit pour terminer sa soirée et achever son séjour dans ce pays. Sauf qu'il sentait sa bouche bien sèche, et ses yeux qui piquaient, alors il ne put réprimer un large sourire quand on lui apporta la bière bon marché qu'il avait commandée.

Dans le même temps, la petite scène s'éclairait pour annoncer le spectacle.

C'est là que le magicien fit son entrée, seul, glissant timidement devant les vétustes rideaux encore fermés. Toujours habillé de son haut-de-forme, de sa large cape et de sa canne, il salua maladroitement dans le brouhaha et l'indifférence générale, puis il commença son numéro. En guise de mise en jambes, il tapota sur son chapeau pour en faire sortir les classiques cartes à jouer, étoffes, colombes, et bouquet de roses qu'il offrit à la dame du devant qui, plus que d'être surprise, se trouvait surtout dérangée dans ses conversations.

C'étaient là quelques tours un peu moisis, mais dont le magicien semblait s'amuser lui-même, bien davantage que son public, figé d'en-

nui et très largement indifférent ! De son chapeau sortait... n'importe quoi ! Vivant ou non-
vivant, des choses et des trucs absolument in-
congrus. Et puisque son auteur était le premier
à s'esclaffer de ces préliminaires, c'est sa naïveté
qui donnait à sourire, et personne parmi les
quelques observateurs quelque peu attentifs, ne
s'étonna de la capacité d'un simple chapeau à
contenir autant d'objets et d'animaux. En particulier, c'est avec de grands éclats de rire que
le magicien en extirpa un énorme volatile : un
corbeau aux yeux noirs et méchants, comme
tout droit sorti d'une ruine des Carpates ; une
bête immense qui poussa un vagissement bi-
zarre quand il défroissa ses ailes pour s'envoler
en croassant au-dessus du public... Pour la première fois, la salle faisait silence.

* * *

Dans le même temps, les rideaux s'ouvraient
sur la scène, et en particulier sur la belle assistante —belle mais toujours aussi maussade—,
qui terminait de disposer les pupitres pour un
futur orchestre. Le public la remarqua quand
un puissant sifflet retentit depuis la table des
jeunes militaires... Tout le monde oublia alors
le funeste corbeau !
D'un bond, le magicien s'était porté près
de la jeune femme. Du chapeau magique, ils
tirèrent ensemble une vraie trompette. Mais

quand l'assistante abandonna l'instrument dans les airs en ouvrant soudainement ses mains, le long et lourd objet de cuivre resta immobile dans le vide, comme suspendu devant son pupitre. La prouesse tira les premiers vrais applaudissements de la soirée.

De la même manière, le duo fit apparaître de nouveaux instruments, toujours tirés du chapeau, et que l'assistante laissait, immobiles, comme en apesanteur... du moins comme s'ils étaient suspendus à un fil de nylon invisible que le public tentait vainement de discerner. Avec une certaine malice, le magicien passait sa main au-dessus... Puis dessous...

Rien !

Le tour parut encore plus remarquable quand les instruments commencèrent à s'animer d'eux-mêmes, et à jouer les premières notes d'un orchestre qui s'accordait !

Pendant ce temps, le couple n'avait de cesse d'extirper du chapeau, des instruments toujours plus longs, toujours plus gros, toujours plus vite : voilà l'ensemble des percussions, et un tuba-basse, d'abord comme un tuyau droit, puis que le magicien replia sur lui-même comme il l'aurait fait d'un ballon de baudruche ! Et maintenant la contrebasse, petite comme un violon pour enfant, et dont il redonna tout son volume en lui soufflant dans le manche. Il sortit même de son chapeau une paire de gants blancs qu'il déposa délicatement sur les cordes de l'instrument : des gants animés qui commencèrent aussitôt à s'essayer à un pizzicato bien rythmé !

Devant un public désormais captivé, aux yeux écarquillés et qui attendait chaque nouvelle sortie avec délectation, l'orchestre semblait s'animer de musiciens fantômes, de partitions dont les pages tournaient toutes seules, et d'instruments qui montaient et descendaient d'eux-mêmes ; qui étaient reposés, voire même secoués par des mains invisibles comme pour en faire tomber quelques bouchons. Rien ne semblait plus vivant que ce jazz-band magique sans musiciens !

Depuis le bord de la scène, le patron du cabaret, d'abord méfiant, semblait maintenant totalement conquis par le spectacle de son nouveau magicien. Il était d'autant plus sidéré qu'il ne comprenait pas comment sa petite scène, étroite et profonde de seulement quelques mètres, pouvait maintenant loger autant de pupitres : c'est comme si les murs avaient reculé tout seuls, comme si des estrades, venues d'on ne sait où, étaient sorties des planches pour s'élever en un majestueux et étincelant escalier de parade. Mais son public applaudissait... ce genre d'applaudissements qui ont le mérite de faire taire n'importe quelle contradiction de logique chez tout bon directeur d'établissement... Alors lui aussi applaudissait encore plus fort, tout en mâchouillant d'autant plus son cigare.

* * *

Quand tous les instruments furent installés, le magicien et son assistante quittèrent la scène chacun de son côté, laissant ce qui était devenu un grand orchestre, rutilant et animé ! Mais ils revinrent aussitôt... Elle, cette fois en longue robe d'un rouge-sang éclatant, revint avec les violons... Du moins *elles* revinrent avec les violons et violoncelles : elle n'était pas *une*, mais deux, trois... six répliques jumelles de la belle assistante qui entraient sur scène en papotant comme des collégiennes aux cheveux sagement lissés, et aux robes rouges remontant jusqu'au cou. Elles s'installèrent avec grâce sur les chaises du premier rang alors que, depuis l'autre côté de la scène, arrivaient tout autant de magiciens, tous identiques, qui s'installaient avec flûtes et trompettes !

Cette fois-ci, ils avaient abandonné leur costume noir de prestidigitateur pour un habit d'Arlequin coloré, avec un petit chapeau ridicule sur une face toute grimée de blanc. Autour de leur cou, une large collerette noir et blanc leur donnait un air encore plus clownesque ; d'ailleurs, ces gamins à moustache avaient tous l'air de bien rigoler !

Les rires et les applaudissements du public fusaient, quand depuis le fond de l'immense scène, commencèrent à s'activer les deux baguettes de la batterie : les coups d'une mesure frappée par des mains invisibles, et aussitôt suivis du pizzicato de la contrebasse et le son bien rond et puissant de ses cordes sur lesquelles couraient les deux gants blancs. Le rythme fut relayé par le reste de l'orchestre : les bois, les cordes, et un pupitre entier de cuivres, tous jouant —mais sans personne pour souffler dedans—, de superbes accords d'un jazz bien classique, et qui s'enflait, généreux, rond, détonnant... magique !

Le petit théâtre se mit à vibrer comme jamais : le son devenait un souffle à la face d'un public qui n'en revenait pas. Les instruments — la majorité sans musiciens—, jouaient une partition endiablée avec une précision inouïe et une justesse jamais atteinte pour un jazz-band de la capitale. D'ailleurs, d'oreille d'amateur averti, celui-là était de loin le plus généreux, le plus brillant... en deux mots, le plus merveilleux qui se fût jamais produit ici.

Le public était conquis, et le patron, l'air toujours plus ahuri, devait bien se résoudre à se frotter les mains.

Et puis il y avait cette magie : ces instruments qui jouaient tout seuls, ces trombones dressés vers le ciel avec personne derrière, ces baguettes sans main qui tournoyaient en l'air et frappaient toujours plus fort sur les peaux et les cymbales. Et pourtant quel son ! Tout cela offrait un spectacle merveilleux et magique, mais qui restait pour certains inquiétant : aux premières tablées, les sourires que les couples s'échangeaient au début se firent bientôt de plus en plus pincés.

Et les visages devinrent perplexes...

Voire sombres.

* * *

D'autant plus sombres que, tout d'un coup, ce furent des langues de serpent qui se mirent à sortir du pavillon des cuivres, en même temps que leurs notes s'envolaient comme jamais et quittait même les rondeurs classiques du jazz pour de terribles dissonances. On s'aperçut aussi que les archets des demoiselles-violonistes étaient devenus le prolongement de leur... queue, noire et luisante qui crissait sur leurs cordes ; et leurs yeux, leurs beaux yeux d'ingénues collégiennes, étaient passés du bleu au rouge-sang !

Voilà qui était plutôt effrayant pour un public qui avait toujours plus de mal à se convaincre que ce n'était là qu'un numéro de prestidigitation.

Mais un cri d'effroi retentit quand des mains noires et écailleuses, sortirent du ventre des arlequins-trompettistes du premier rang, pour, au travers de leur chemise, aller leur tenir la sourdine ! Dans la salle, beaucoup souriaient et se moquaient de cet effroi soudain, d'autant que les arlequins eux-mêmes ne manquaient pas d'éclater de rire. Mais une dame des premières tables n'y tint plus, se leva, et s'éloigna sous les quolibets !

Pourtant, la musique était tellement prenante, rythmée et envoûtante. Le public, toujours en liesse et tenu aux tripes par ces accords, se balançait compulsivement, et les musiciens —ceux qui étaient en chair—, semblaient tellement bien s'amuser, que peu de spectateurs se rendirent compte qu'au pupitre des flûtes du premier rang, alors que leur mélodie, scandée comme les touches d'une machine à écrire, montait dans les gammes, leur tête s'était mise à bouger et à se dandiner comme si elles n'étaient plus accrochées à leur buste : d'un même mouvement, ces faces de lune sautillaient sur le côté en dansant sur leur instrument, comme autant de rouleaux de machines à écrire qui avançaient à chaque note ! Totalement médusé, le public pouvait voir ces têtes rondes qui glissaient sur leur gauche, jusqu'à s'en aller remplacer la même... chez le voisin !

Dans la salle, il y eut un premier cri quand la dernière caboche de flûtiste, par force, tomba à terre !... Et encore de nouveaux hurlements quand le flûtiste sans tête —celui de l'autre bout de la chaîne—, sauta de la scène pour courir entre les tables après sa tête manquante. Les spectateurs des premiers rangs se carapatèrent aussi quand passa près d'eux l'arlequin décapité ; et leurs voisins firent de même quand un second flûtiste descendit de l'estrade pour jouer avec son compère en se lançant leurs caboches de l'un à l'autre !

Sur scène, restait le corps étêté du dernier musicien à collerette, qui attendait, très contrarié, ses compagnons qui jouaient au-devant. Quand soudainement, du dedans de son cou, sortit une grosse patte de reptile ! Une patte écailleuse, longue et griffue, qui s'éleva lentement en l'air accompagnée par un *sustenuto* de l'orchestre tout entier ; et qui monta encore, jusqu'à descendre un de ses longs doigts sur la collerette ! Jaillit alors un énorme son d'orgue Hammond, un jeu puissant avec un Leslie ravageur, un solo d'orgue joué par une main de dragon sortant d'un buste sans tête sur les touches noir et blanc de son large col d'arlequin !

Cette vision dépassait l'imaginaire, bousculait l'entendement ; un mouvement de panique s'empara aussitôt de la foule. Même les specta-teurs les plus éloignés, les mélomanes les plus avertis —ceux qui avaient encore un sourire aux lèvres—, se levèrent en bloc avec la masse du public qui s'éloignait de la scène pour s'aggluti-ner au fond.

Cependant, sur l'estrade s'avançait mar-tialement une des *diablesses* de l'orchestre :

une des gracieuses violonistes qui, jusqu'à présent, donnaient à ce jazz toute sa fraîcheur et sa rondeur acoustique ; sauf que le public la découvrait en tenue de cuir sous une robe rouge totalement lacérée par les coups de fouets de sa longue queue. Elle allait donner la réplique à l'orgue du-type-sans-tête avec une guitare électrique résolument satanique : un crâne d'antilope, rouge-garance, avec ses deux longues cornes torsadées et dont le front était transpercé d'une lance qui lui servait de manche. Le son qui en sortait était tout ce qu'il y avait de plus affreux : cassé, hurlant et métallique...

En fait, ce son étrange était comme un cri...

Un cri humain !

Ou plutôt, un affreux hurlement de douleur : chaque note jouée était une lacération qui arrachait à la guitare des hurlements d'épouvante. Mais à chaque note aussi, la musicienne en tirait des spasmes de plaisir : sa longue queue claquait comme un fouet, ses cuisses s'ouvraient et son bassin tout entier se cambrait ; à chacun de ses orgasmes, jaillissait de sa bouche une langue humide, longue et fourchue.

Cette vision acheva de semer la panique dans la salle. Dans le son de tonnerre d'un orchestre du diable, les chaises du public se retrouvèrent à terre ; les tables furent renversées, et même les individus qui pensaient encore que le spectacle relevait de la magie ordinaire, furent piétinés par les fuyards avant de se relever et de décamper à leur tour devant cette bacchanale satanique.

En seulement quelques secondes d'un sauve-qui-peut généralisé, les dernières portes claquaient sur une salle désertée... Au centre, ne restait que la petite table ronde, avec son visiteur : notre jeune homme qui depuis le début, se trouvait scotché sur sa chaise, totalement paralysé, et dont la volonté et les réactions paraissaient totalement inhibées !

Quand, enfin, le dernier coup de cymbale fut donné, c'est toute la salle qui fut plongée dans le noir : en une fraction de seconde, comme le vent d'une éclipse souffle son ombre, le cabaret se retrouva totalement silencieux et dans une totale obscurité !

* * *

Plus rien ne bougeait...

Il n'y avait même plus la petite lueur rassurante des ampoules de sécurité... Rien, un noir absolu...

Et un silence total !

À la rigueur, la respiration saccadée du seul être humain encore présent : ce jeune homme qui était dorénavant le seul témoin du nouveau spectacle qu'il *savait* lui être réservé.

Il tentait de retenir sa respiration, et même, fermait les yeux au cas où quelques rémanentes lumières iraient de ses pupilles trahir sa présence dans cette totale obscurité.

Cependant, il savait ne pas être seul. Il devinait une foule d'êtres étranges qui passaient dans son dos, qui se penchaient sur sa nuque, frôlaient sa main... il en entendait presque le murmure. Il aurait voulu hurler, seulement, cette présence était tellement familière !

Il retrouvait une sensation qui l'avait accompagné durant toute son enfance, à chaque songe et dans chacun de ses cauchemars ; une présence qui était déjà venue à lui dans ses rêves. Sauf que ce soir-là, il n'était plus le spectateur innocent de l'un de ses cauchemars de jeunesse, et d'ailleurs, la souffrance de ses ongles plantés dans le bois de la chaise lui en donnait la preuve : cette fois, c'était pour de bon, son être entier était en présence de celui dont il redoutait la rencontre, juste sous son aile, celui dont il savait le nom : le Diable !

Satan en personne !

* * *

Et puis une allumette craqua, dont la flamme vint réveiller la mèche d'une bougie posée sur la table devant lui, et illuminer le visage de l'assistante qui tenait le feu. La lumière jaune prit de la puissance, dansa, et se répandit aussi sur la figure du magicien, Satan, qui était assis en face : immobile et sombre, il tenait devant son visage un gros verre de Whisky.

L'assistante, toute vêtue de son cuir noir, revint se poster derrière le magicien où elle s'alluma une cigarette avec ce qui lui restait de feu.

— Alors, l'homme... il paraît que tu espères venir me voir ! dit le Diable à son reflet dans le verre.

Mais devant lui, son interlocuteur, la gorge obstruée, avait de la peine à émerger d'un tel étourdissement : silencieux et profondément enfoncé dans sa chaise, ses yeux picotaient, non seulement de comprendre à qui il avait affaire, mais surtout de ne rien comprendre de ce qui se tramait pour lui. C'est alors la femme qui prit la parole pour dire en soufflant sur son allumette :

— Il ne peut rien vous dire, parce qu'il ne le sait pas encore !

— Pas encore ? fit le Diable en sursautant alors que ses yeux, comme dégoupillés, s'ouvraient brutalement dans le vide.

En se retournant vers son assistante, il exigea vertement quelques explications :

— Qu'est-ce que ça veut dire ce : *« pas encore »* ? c'est quoi cette histoire ?

Avec une moue sur les lèvres, l'assistante tira d'abord longuement sur sa cigarette :

— Parce qu'il ne le saura que demain.

Son maître s'énerva encore plus :

—Demain ? Mais alors, qu'est-ce qu'on fiche ici ?

—C'était pour le cabaret... C'était votre idée !

Le Diable encaissa l'escarmouche : « *Le cabaret ?... Ah ! oui... bien sûr !* » Puis il se renfrogna en allant s'enfoncer dans sa chaise et en baissant les épaules.

Toutefois, il se composa très vite un visage plus affable à destination de son interlocuteur : « *À propos, c'était pas mal, hein, qu'en penses-tu l'homme ?... Musique et magie, j'avoue que je ne connaissais pas encore ! Ça me plaît assez.* »

En face de lui, le garçon n'osait toujours pas ouvrir la bouche. Loin des expédients pseudo-artistiques d'un Lucifer-de-cabaret, il restait obsédé par cette apparition. D'ailleurs, sans jamais les avoir entendues, il connaissait bien ces deux voix, elles avaient déjà quelque chose de tellement familier. Et voilà qu'elles avaient même un visage : *Lui* et *Elle* maintenant personnifiés... le Diable, maître des enfers, et sa Bête, la gardienne ! Alors sa peur, cette terreur paralysante qui lui remontait à la gorge depuis ses plus terribles cauchemars, se muait maintenant en fascination : il LE regardait attentivement qui reprenait son verre de Whisky avec les manières blasées d'un Gatsby ; il LA regardait, qui, comme une vamp, poussait son nuage de fumée vers le plafond.

Cependant, devant son homme qui restait toujours muet, le Diable reprit :

— Bref... comme tu viens de l'apprendre, mon garçon, tu vas projeter de venir nous voir !

* * *

À ce moment-là, Satan se rapprocha pour poser ses deux coudes sur la table avec ses mains gantées sous son menton ; puis, avec le regard grave d'un *bookie* se confiant sur un mauvais cheval, il déclara gravement :

— Eh bien, *e pericoloso !...* Je te le déconseille vivement.

Ce n'est qu'à ce moment que l'homme dont les yeux passaient alternativement sur ses hôtes, osa enfin prononcer quelques mots en suppliant :

— Mais... mais que se passe-t-il ?

— Tu le sauras en temps utile, l'homme, reprit aussitôt le Diable, ce que j'ai à te dire, en toute amitié, c'est ceci : n'imagine pas descendre en enfer et en ressortir... On ne peut pas, *niet !* et en plus, vois-tu, ça m'embêterait franchement.

L'homme osa un pincement des lèvres et un hochement de la tête, ce à quoi Satan expliqua calmement :

— Mais si voyons ! L'enfer ne prend que ceux qui le souhaitent, ceux qui veulent y aller... y aller vraiment ! Et qui sont prêts à payer pour ça : le prix de leur âme qu'ils laissent à *Charon*, le passeur qui les fera traverser le *Styx*, le fleuve des morts. Et une fois que tu t'es délaissé du prix de ton âme, comment pourrais-tu espérer payer celui de ton retour ?

Il stoppa un instant, devant les yeux écarquillés de son homme à qui il demanda :

—Eh ! tu comprends ce que je te dis, l'homme ?

—Je ....

« *Évidemment qu'il comprend... vous le sous-estimez le jeunot !* » intervint la femme d'un ton ennuyé, toujours bien campée sur ses deux longues jambes serrées de cuir, et qu'elle semblait avoir du mal à garder en place.

—Oui peut-être, répondit sèchement le Diable. Mais je lui rappelle seulement que moi, j'ai une déontologie.

Son assistante toussa de nouveau.

— *Ach ! laß das sein !*...[3] fit-il alors en levant une main vers elle. Puis après une profonde respiration, il revint se pencher vers le garçon en arborant cette fois un large sourire :

—Je te le dis à toi parce que je te connais bien... nous nous connaissons bien tous les deux, n'est-ce pas ?

L'homme acquiesça lentement, avec un regard pincé et toujours empli d'inquiétude pour celui qui semblait être sur la pente de quelques

---

3. « *Ça suffit !* »

confidences. Le Diable s'en accommoda et poursuivit :

—Nous nous connaissons, d'abord parce que je devais venir te voir, et ensuite, que tu devais écouter ce que j'avais à te dire sans... euh, sans tomber dans les pommes.

Le garçon leva toujours plus haut les sourcils à s'en arracher les paupières.

—Oui bon, on s'est un peu trompé sur la date, reprit Satan, mais quand même, par rapport à l'horloge de l'éternité, c'est...

Dans son dos, la femme se raclait la gorge. Le Diable soupira un instant, mais poursuivit :

—Bref, renonce ! ne mets pas ton projet à l'œuvre... *give up* ou bien les conséquences seront funestes pour toi.

—Dites surtout au p'tit que ça vous causerait des ennuis ! intervint sèchement son assistante.

—Décidément うるさい[4] la Bête ! fit le diable furibond en tendant le bras en arrière histoire de chasser l'importune. Ce que je vais surtout lui dire, c'est que *infierno*, c'est là où les âmes damnées veulent aller, et pas les autres ! Et lui, et je suis désolé d'ailleurs, ça n'est pas un client, voilà !

À peine plus calmé, il revint se pencher sur la table en respirant profondément :

---

4. URUSAÏ : La ferme !

—Tu entends l'homme? Tu n'es pas un client, tu n'as rien à faire là-bas. Alors n'y va pas, parce qu'une fois passé le fleuve, même moi, je ne pourrai pas te tirer de là.

* * *

Il s'enfonça profondément dans sa chaise « *Capito?* » et en digne touriste de la capitale, il croisa fièrement sur la table ses santiags mexicaines en crocodile, aux bouts bien pointus et au cuir finement ciselé; enfin, il ramena son Whisky aux lèvres pour en avaler la dernière gorgée.

La femme, qui venait justement de terminer sa cigarette, jeta dans le noir le mégot encore rougeoyant, puis, comme impatiente d'en finir, se pencha sur la table où sa main —qui n'était d'autre que les serres d'un aigle—, s'abattit sur la cire brûlante de la bougie pour en écraser la flamme, avec un : « *Il a compris !* »

32

Chapitre II

Sécurité d'État

*Affronter le Diable? La belle af-
faire! À condition de ne pas ou-
blier qu'on risque son âme rien
qu'à devoir s'en approcher*

DÈS LE MATIN, il s'était engouffré dans l'aéroport international, et aussitôt précipité vers le dédale des couloirs et des guichets de l'immense hall : « *Oui c'est moi qui vous ai appelé ce matin...* » tambourinait-il à chaque fois. Mais il se trouvait toujours renvoyé de comptoir en comptoir, de file d'attente en file d'attente, alors que les heures passaient et que s'éloignait toujours plus la perspective de pouvoir devancer son vol de retour pour l'Europe.

C'est qu'il avait passé la nuit accroché au téléphone de l'hôtel, pour joindre, en Allemagne, ses connaissances, sa famille, et surtout, essayer mille fois le numéro de son appartement : là où devait être son amie qui, décidément, ne répondait pas. Il avait même réussi à joindre ses voisins de palier : Peter et Günter, deux étudiants en *coloc*, pour leur demander d'aller frapper à sa porte...

En vain...

La jeune Julia, celle qu'il aimait, n'était pas là, et il n'en dormit pas de la nuit !

Au matin, il avait dû se délaisser de toute sa monnaie pour payer le coût faramineux des communications internationales, au point que, les poches vides, avec rien de plus que le prix d'un taxi —et certainement pas celui d'une place surtaxée dans un autre vol à destination de Berlin-Shönefeld—, il devait maintenant se résoudre à attendre son départ, normalement programmé pour l'après-midi dans un *Iljuschin IL-62* de la compagnie *Interflug* de RDA... D'interminables heures d'angoisse, qui le laissaient égrener une tout aussi interminable liste de questions sans réponse.

* * *

Bien plus tard enfin, quand il arriva à destination et qu'il poussa avec rage les portes battantes de la douane, il se précipita dehors

34

à héler un taxi. Et au grand étonnement du chauffeur, il demanda très solidement un improbable : « *Au ministère de la Sécurité d'État... le Service des Renseignements Spéciaux... et en vitesse !* »

— Vous êtes sûr monsieur ? fit le conducteur à celui qui demandait une course si saugrenue.

Qui donc, en effet, souhaitait aller là-bas ? Quel citoyen ordinaire pouvait avoir le désir de se rapprocher de ce terrible bâtiment. Certainement pas un officiel du *renseignement* : ceux-là bénéficiaient de leurs propres véhicules, et jamais l'un d'eux n'aurait eu à demander un taxi pour le conduire à ses bureaux ! Alors qui pouvait bien être cet homme qui commandait son propre suicide en trépignant sur la banquette arrière ?

Il lui fallut encore une bonne heure avant de pouvoir se précipiter dans l'immense immeuble du Ministère, section : *Service des Renseignements Spéciaux* c'est-à-dire de l'espionnage et du contre-espionnage ; des renseignements en tout genre et du fichage systématique de n'importe quoi, sur n'importe qui... Tout ça, c'était pareil ! Parce que plus un régime est illégitime, plus il a peur, et plus un régime a peur, plus il a ce besoin impérieux de savoir tout sur tout le monde... du moins d'en être persuadé.

Il y avait donc ce jour-là, cet homme improbable qui traversait l'immense hall désert, tambourinait au comptoir inoccupé, frappait aux portes, passait par les couloirs réservés et s'engouffrait dans chaque bureau, l'un après l'autre... tout ça sans être une seule fois inquiété, sans être accueilli autrement que par de la sidération, voire de la peur.

Ce n'est qu'un tout jeune militaire à la benoîte figure, les bras chargés de dossiers qui s'autorisa enfin à lui demander :

— Mais monsieur, qui êtes-vous ? Vous n'avez pas de badge... que faites-vous ici ?

Il hurla : « *Je cherche ma femme !* »

Lui qui était un jeune homme placide et très tranquille !... Sauf que depuis la veille et ce rendez-vous hallucinant avec le Diable, se dessinaient les contours d'un terrible drame à coups de burin dans son cœur. Il n'avait plus qu'un seul *credo*, une seule conviction et aucune autre pensée plus urgente que : celle qui était son amie d'enfance, sa compagne, sa partenaire et son amour de tous les jours, devait être ici, dans ces locaux du *Renseignement*...

Et qu'elle allait y mourir !

* * *

Seulement, il lui en fallut encore, du temps, pour qu'il se retrouvât enfin conduit, menotté et sous bonne garde, aux étages *spéciaux*.... du temps et des portes ouvertes à coup de pied ; des fonctionnaires agrippés par le col et à qui

il crachait des « *Bon sang, dites-moi où elle est...
elle s'appelle Julia !* »... Bref, beaucoup de vaines
questions dans ce temple du renseignement,
pour qu'enfin, on se saisisse de lui, qu'on le
ligote et qu'on le fasse taire avec un solide
bâillon.

Pourtant, un doute insidieux persistait
encore chez certains fonctionnaires des Services, un doute profond et systémique. C'est
qu'il était entendu de tous, que dans ce genre
d'administration, on ne pouvait croiser que
deux catégories d'individus : d'un côté ceux
qui allaient être interrogés, et de l'autre,
leurs tortionnaires qui allaient leur asséner
la fameuse *Question* ! Et pour les distinguer les
uns des autres, il était aussi acquis que ceux de
la première catégorie étaient forcément livides,
effrayés, traînés sous escorte, criaient « *papa,
maman !* » ou bien pissaient déjà dans leur froc !

Quant à la seconde catégorie... Eh ! c'étaient
les autres, évidemment !

La chose était simple et avait toujours parfaitement bien fonctionné. Mais ce jour-là, cet
individu qui renversait les tables, défonçait les
portes et brutalisait le personnel, posait décidément trop de questions au système pour ne
pas laisser planer un doute sur sa personne, et
surtout, sur le classement de sa personne.

Alors, quand enfin le fonctionnaire des premiers bureaux sortit la fiche de l'homme qu'on

lui avait amené *manu militari,* il poussa un soupir de soulagement :

— *Hans Jacob!...* répétait-il avec satisfaction en brandissant le bristol : « *On le connaît!* »

Il s'en suivit un petit signe en direction des trois gardes en faction serrée autour du sujet, et tous se trouvèrent enfin satisfaits que chacun retrouvât sa place dans ce qui se devait être le sanctuaire de l'ordre et de la normalité!

Définitivement rassurés, les gardes sortirent en se tapotant l'épaule, et le fonctionnaire put venir s'asseoir à son bureau, devant son *Hans Jacob* solidement ligoté et réduit au silence.

* * *

— C'est gentil de venir nous voir monsieur Jacob, lui dit-il d'abord d'un ton mielleux.

Ce fonctionnaire était un homme absolument exécrable, aux fins cheveux blonds et raides, à la peau boutonneuse des célibataires intoxiqués par leur piètre régime alimentaire, et à qui leur mère, désespérée, avait renoncé à leur apprendre quoi que ce soit sur la santé de leurs corps. Bretelles vertes et cravate à boxon... Cet homme-là donnait surtout à sourire. Mais il continuait avec un ton faussement professionnel :

— Nous nous intéressions justement à vous, monsieur Jacob, vos centres d'intérêt, vos activités, vos voyages... Par exemple, je lis que vous êtes parti aux USA, bravo! Vous voyez, vous ne pouvez rien nous cacher : nous savons tout de vous.

Mais en retour, il ne reçut qu'un « *mmhh* » au travers du bâillon qui recouvrait la bouche de l'homme... très inhabituel dans son bureau, puisqu'en général, ses clients n'en étaient pas encore à ce niveau de coercition.

—Ah oui... le bâillon! dit-il encore en se levant pour venir arracher la bande adhésive... sans ménagement évidemment, mais après trois tentatives infructueuses, quand même!

De nouveau, il s'assit sur le bord du bureau, bras croisés en attendant que son *invité* reprît sa respiration. L'étape fut superflue puisqu'à sa grande surprise, il entendit la voix de ce monsieur Jacob, demander très posément : « *Où est mon amie ?... Elle s'appelle Julia, vous allez me dire où elle est ?* »

Sauf que, d'habitude, c'était lui, le fonctionnaire du premier bureau qui posait les questions! Et puis aucun de ses clients n'avait jamais eu une voix aussi incisive, ni autant d'éclairs dans le regard... Il en fut donc le premier surpris. Mais quelque part, la chose tombait bien : comme son homme semblait bien attaché sur sa chaise, le fonctionnaire se sentit toujours plus à l'aise pour rajouter d'un ton narquois :

—Votre amie, monsieur Jacob?... Nous la connaissons bien, et nous étions justement en train de lui poser les mêmes questions.

Et il se pencha vers le visage de son interlocuteur, à distance de mauvaise haleine et postillons, pour lui murmurer : « *Elle nous a fait un tas de confidences, vous savez ?* »

Mais Hans se doutait très bien que ça n'était que mensonge. Jamais sa Julia n'aurait cédé devant ce pâle fonctionnaire véreux, simple employé du renseignement, scripteur et secrétaire !... Méchant ? sûrement... Violent ? bien sûr, avec cette brutalité des « *c'est pour ton bien !* » qui pullulent dans les bas étages de l'humanité. Toutefois, c'était là son tort : faire souffrir pour le bien de l'autre, quelle bassesse ! Voilà qui n'aurait jamais marché avec sa Julia qui aurait ri de son insuffisance, autant que de ses coups...

Elle se serait gorgée de dédain et de dégoût, elle aurait ri de lui !

* * *

Parce que tout dans ce bureau puait l'odeur vile du personnage arriviste, minable et perpétuel jaloux des promotions de ses collègues... Tout, dans cette détestable pièce, disait qu'il y était installé depuis trop longtemps pour avoir eu les succès lui permettant de monter en grade : depuis la patine des meubles, la tapisserie jaunie et délavée, un bureau bien rangé, mais vide... jusqu'aux identiques marques de chaises creusées dans un parquet qui n'avait jamais vu l'encaustique. Tout ici était figé d'ennui et de bêtise, et disait combien ce bonhomme s'était attaché à son cérémonial de vil apprenti tortionnaire du premier bureau, celui qui n'était que l'antichambre d'enregistrement —puisque c'était sa pâle fonction—, bien avant le vrai bureau des tortures : quelque part, plus loin...

Celui qui vous arrache des aveux à la pince de ferronnier.

Alors, non, elle n'avait pas parlé, c'est sûr ! Pas ici en tout cas, et ça n'est pas les quelques gifles qu'il recevait qui le détournait de cette idée ; ni les injures crachées au visage, les coups de règle en bois verni, les étranglements à la lanière de cuir amoureusement graissée.

Ça n'était pas non plus les coups de poing dans le côté qui l'empêchaient de penser à elle, à sa jeunesse dans les clubs politiques, les groupes d'actions, les comités de résistance... et puis à leurs expéditions alors que, jeunes étudiants, ils fuyaient déjà la police au cœur de la nuit ; leur pouls qui menaçait de faire exploser les tempes ; leur sueur qui dégoulinait dans des endroits encore jamais irrigués.

Lui, jeune homme tranquille, avait horreur de ces situations, mais elle !... Elle qui riait à la vie et à ses imprévus, qui adorait marcher sur l'arc-en-ciel de la révolte, elle ne manquait jamais à ces occasions de l'embrasser passionné-ment sous la lumière bleue des gyrophares !...

Ah ! ses baisers fougueux !...

C'est d'ailleurs un peu pour ça que lui, pourtant si placide, la suivait dans la nuit : pour ses étreintes passionnées, autant que pour la protéger d'elle-même, petite fleur, mais si fragile. Parce que très vite, il y eut les visites de la police dans leur petit appartement d'étudiant ; et dans son dos, elle avait déjà le couteau en main, à deux doigts d'en faire usage.

Le couteau d'abord... et plus tard le pistolet.

De jour en jour, de succès en succès, leurs actions devenaient plus osées, plus risquées. Pas question pour la jeune Julia de vivre sur une cote mal taillée : elle défiait les tempêtes et repoussait les tièdes, pleutres et encombrants jeunes hommes de son groupe de résistants ; son courage devenait un effet de son adrénaline.

Mais toujours, c'était lui, Hans, qui modérait ses élans, qui retenait son geste et refrénait ses pulsions de vouloir en venir aux mains, aux armes, aux explosifs... et surtout de céder à une violence qui n'aurait été que destructrice. « *Ensemble, nous irons casser du militaire, Hans, nous payer quelques flics et saper dans la poudre et dans le sang les fondations de ce fichu système !* » disait-elle exaltée quand ils rentraient dans la nuit et qu'elle s'effondrait dans ses bras.

Alors, plusieurs fois, elle lui avait avoué : « *J'ai besoin de toi...* » parce que sans lui, mille fois elle aurait été prise sur le fait et peut-être même tuée. Sans son calme et sa froideur dans la décision, elle serait sans doute déjà morte, ou au moins, en train de croupir dans les geôles du système. Elle le savait : lui, il modérait tout, mais aussi, il *devinait tout*, et sentait comme par magie ce qui allait arriver !

Il prévoyait les bourrasques et les déchaînements de violence auxquels ils échappaient toujours comme par miracle. Elle n'avait de cesse de le répéter : son Hans Jacob avait, avec un extraordinaire talent de *divination*, ce don de sentir ce qui allait arriver, alors qu'elle...

Une tornade !

Cependant, grâce à son Hans, jamais elle n'avait été arrêtée, et d'année en année elle s'était retrouvée toujours plus forte, participant à des opérations de plus en plus difficiles : exfiltrer leurs semblables, creuser des tunnels sous le *Mur*, voler des documents secrets dans les appartements des cireurs de bottes... Mais aussi toujours plus forte de celui qui était son *assurance* : c'est-à-dire son Hans —le seul homme à sa pointure—, lui qui, tel une eau calme, était son miroir opposé, son complémentaire indispensable à sa vie ; celui aussi qui la sortait des mauvais pas et l'empêchait d'y plonger. Parce que, plus nos existences poussent leurs prétentions et portent bien haut leurs idéaux, plus facilement ces derniers versent dans l'absurdité et la bêtise. Hans savait reconnaître ces instants où il faut savoir renoncer et, avant la vague, revenir au port.

Ce Hans qui, avant tout, était déjà son plus merveilleux amour.

Pourtant, au fond de son cœur de braise, la jeune femme n'attendait que l'affrontement, et se languissait de pouvoir enfin braver le *système* et ses représentants véreux.

Durant toutes ces années, Hans avait réussi à la tenir sagement à l'écart de cette perspective. Mais ce dernier voyage avait été de trop : sans son bras protecteur, sans sa main qui la retenait et ses paroles qui la calmaient, Julia avait, d'une manière ou d'une autre, cédé à ses pulsions et transigé avec les rescrits d'une vie qui devait rester clandestine !

La haine, hélas, ne donne pas la clairvoyance.

Par voie de funeste conséquence, elle s'était retrouvée dans ces mêmes couloirs, assise sur cette même chaise —Hans le sentait—, et sûrement frappée par ce sale type, comme lui l'était maintenant.

* * *

Les coups tombaient, au point que sa chaise se renversa avec lui. Alors ce furent les coups de pied dans les côtes, dans le foie et les parties... Et puis, alors que son tortionnaire se préparait à lui balancer un coup de pied magistral dans la figure, celui-là retint son geste au dernier moment... respira profondément, et s'en retourna en renouant sa cravate avec un : « *De toutes façons nous n'avons pas besoin de vos aveux puisque votre amie a déjà craché le morceau !* »

Malgré la douleur, et ses pleurs d'imaginer son amour subir les mêmes coups, Hans savait au fond de lui que ça ne pouvait être vrai : jamais sa Julia n'aurait avoué sous la torture.

Non, elle n'avait rien dit, quitte à en mourir.

Alors il fut traîné de couloir en couloir, vers d'autres bureaux, d'autres questions stupides, voire risibles : parce qu'en le laissant partir, le fonctionnaire avait retenu son crayon à papier sur la case « *Motif* » sur laquelle il ne savait pas quoi inscrire : il n'y avait pas de motif à l'interrogatoire de *Hans Jacob*, puisque personne n'avait mandé son arrestation. Tant pis, la case était restée vide. Mais dans les autres services, voilà qu'ils se penchaient tous, à deux ou trois, sur ladite case : « *Ce crétin de Da Silva a oublié de remplir la case !* ».

Toujours attaché à ses chaises, Hans sentait le goût du sang qui lui coulait dans la bouche pendant qu'en face de lui, le système semblait en panne devant ce désordre administratif inconcevable ! Certains, même, se penchaient vers lui et, tout en lui relevant délicatement le visage, lui demandaient très poliment : « *Monsieur Jacob, vous ne sauriez pas par hasard le motif de votre arrestation ?* ». Et puisque le dossier était incomplet, on le transférait —lui et son dossier—, vers d'autres bureaux.

L'après-midi passait. Au milieu d'un couloir, Hans attendait sur un banc qu'on l'amenât dans un bureau où l'on aurait enfin pu statuer sur son sort ; d'une manière non équivoque d'ailleurs, puisque celui qui n'était visiblement pas attendu, devait s'attendre à tout ! Là, un fonctionnaire suggéra à ses acolytes :

—En tout cas, pas chez *madame Godberg* !

Et en pointant son doigt vers les étages supérieurs, il invitait ses collègues à prêter attention aux quelques cris étouffés qui parvenaient du grenier : « *Elle mène ses interrogatoires en ce moment !* ».

—Ah ! Madame Godberg ! disait un autre avec admiration, quelle efficacité, quels résultats !

—Oui, mais ses chiens quand même... commençait un troisième.

—Quoi ses chiens ?

—Il paraît qu'elle donne des lambeaux de peau à manger à ses chiens !

—Effectivement, c'est ce qu'on dit.

—Justement, ça fait longtemps que je me pose des questions, et je pense que ça n'est pas très...

—Vous pensez, vous pensez !... se vit-il brutalement interrompu. Est-ce que vous pensez seulement être assez qualifié pour vous poser ces questions ?

Le dernier fonctionnaire fit un geste prudent et s'éloigna, la tête dans les épaules, tant il est vrai que dans ces administrations, en matière de « *qualification* », l'intelligence n'est plus qu'un talent mineur.

Cependant, le second suggéra enfin :

— Puisque madame Godberg n'est pas disponible, qu'on l'envoie aux Colonels : ils savent faire avec les cases vides !

La brillante idée ! Et c'est ainsi que Hans Jacob se retrouva porté *manu-militari* dans une énième salle estampillée « *44* ».

* * *

Là, assis seul devant une large table, il attendit longuement qu'on vienne s'occuper de lui. Dans la pièce à côté dont la porte était ouverte, ça n'était que jacasseries à propos de cette fameuse case vide, à propos de l'impéritie des étages inférieurs, et même de l'incompétence de leur propre service : « *Comment sauver le peuple avec autant d'incapables ?* » pouvait-il entendre.

Voilà qui accordait à Hans un petit moment de répit !

Alors, par-delà la souffrance sur sa peau et dans ses chairs, il arriva à rassembler ses sens dispersés par la douleur, et *voir*, comme il savait le faire : Il se concentra pour sentir autour de lui la présence de celle qu'il aimait, il la devinait proche... Elle était quelque part, ici. Il en

47

était sûr, et à défaut de la voir, il devinait ses cris, encore inscrits dans les murs... Il frémit quand son regard se porta sur quelques affreux ustensiles de torture qui y étaient accrochés.

Certains qui saignaient encore !

Puis, en procession, entrèrent quatre colonels, généreusement galonnés, comme tout droit tirés d'un jeu de cartes, et qui, avec quelque obséquiosité, déposèrent leurs dossiers sur une table large comme un autel, accrochèrent leur veste sur des cintres derrière eux, et allumèrent une bougie :

— Bon, contre quel terroriste devons-nous encore nous défendre aujourd'hui ? dirent-ils en commençant leur office.

Tout de go, Hans Jacob rompit le cérémonial en demandant des nouvelles de sa Julia ! Étonnamment, sa demande fut immédiatement prise en grande considération, et après une rapide recherche dans les dossiers —efficacité bureaucratique oblige—, on lui répondit très poliment qu'après une visite chez eux, et devant le silence regrettable de la jeune femme, c'est madame Godberg qui s'était chargée de son interrogatoire. C'est tout juste si les colonels n'attendaient pas un « *merci* » en retour de ces renseignements.

Hans tressaillit d'horreur. Il comprit avec violence ce qui s'était passé : Non, sa Julia n'avait rien avoué, ni aux colonels ni même à cette madame Godberg. Elle s'était même murée dans un silence total, un silence de défiance, celui d'une combattante. Et durant ces heures horribles où tout de sa peau ne lui infligeait que douleur, elle avait dû se réfugier derrière une forteresse de haine : des murs épais, faits de la plus grande détestation de ces hommes puis de cette madame Godberg... la détestation de leurs semblables, et des hommes en général... Et puis sans doute, la détestation de l'humanité toute entière.

Dans ce jeu de guerre à somme nulle entre elle et ses tortionnaires, dans cette confrontation jusqu'aux extrêmes où Julia avait dû résister aux coups, aux blessures, et par voie de conséquence à une terrible souffrance, elle avait elle-même sécrété un venin d'abomination et de vengeance qui l'avait saisie dans son intégrité. Mais ce venin était un massif renoncement à toute humanité, une boule de fureur qui avait étouffé son cœur dans le seul but de la conduire à cette guerre totale entre elle et ses bourreaux, là où les mots de tolérance, de pardon et de pitié n'existaient plus ; une renonciation totale à la lumière et à l'espoir.

Pour supporter la souffrance et tenir face aux coups, l'âme de sa Julia s'était définitivement réfugiée en un lieu terrible !

Hans comprit alors que son amour venait de faire une effroyable erreur, cette même erreur que font tous les combattants du monde, depuis l'antiquité jusqu'aux plus récentes guerres, là où s'étaient fourvoyés les plus glorieux guerriers, les plus terribles mercenaires ; cette erreur qui tient pour acquise l'idée que la plus haute chevalerie, le plus grand courage de l'homme, et la plus grande bravoure du soldat, exigeaient d'eux d'aller affronter Satan en personne !

Mais comme eux, comme tous ces combattants avant elle qui avaient relevé ce funeste défi, la jeune femme avait ignoré qu'à vouloir affronter le Diable, on risque aussi son âme à devoir trop s'en approcher.

Et en effet, c'est bien le Diable et sa Bête dont il sentait la présence maintenant, ces deux-là qui s'étaient présentés à lui au cabaret. Il les devinait qui rôdaient dans les couloirs. Il en entendait le pas lourd. Oh ! ils n'étaient pas là pour ces maudits colonels ni pour cette madame Godberg, dont le sort était déjà scellé depuis longtemps, mais pour la chair tendre de ces âmes révoltées et dressées contre leur *Créateur*, la plus belle des prises : une âme toute jolie mais pétrie de haine et de vengeance, une âme qui les appelait à corps et à cri, et qui s'offrait délibérément et totalement à eux.

Hans n'écoutait plus. Le moral déchiré, il entendait à peine ses tortionnaires qui avaient maintenant retiré leur costume lustré, dégrafé leur cravate et relevé leurs manches. Tout le temps, il resta le visage perdu vers le sol. Son credo à lui, était qu'on ne résiste pas à la douleur : qu'on peut tout avouer, et même tuer père et mère pour se voir retiré le tison de la souffrance. Mais ce jour-là, il ne sentait pas les coups des colonels qui pleuvaient sur son visage : son esprit était déjà ailleurs, à la recherche de sa Julia dont il sentait la présence entre ces murs...

Sa Julia vers laquelle il tendait désespérément les bras dans l'espoir de l'empêcher, elle, d'aller aux ténèbres.

* * *

Dans la nuit qui suivit, il avait été jeté sur le ciment froid, gras et humide d'une cellule puant l'ammoniaque et la putréfaction. Sa machine entière était en souffrance, et même si son cerveau n'avait pas été totalement grillé par la douleur, il restait torturé par d'affreux cauchemars... quoique pas encore assez virulents pour tirer le jeune Hans du sommeil comateux où les coups avaient conduit son cerveau.

Ces cauchemars-là étaient des songes : il *voyait* —parce que c'était son don, ce don de sentir les choses de l'au-delà—, il voyait sa Julia étendue dans une cellule quelque part à côté, sous la faible lueur d'une lucarne trop petite pour adoucir son agonie.

Meurtri et brisé au plus haut point, le corps de la jeune femme s'arrêtait doucement, tout juste secoué par le bras de sa propre haine.

Elle était au bout de son combat : celui d'un général, pas peu fier d'avoir amené toutes ses légions au massacre, sans aucune reddition, sans la moindre désertion ; un combat dont la seule victoire était d'avoir *tenu bon*, jusqu'à la toute extrémité de l'ultime engagement de ses troupes, c'est-à-dire de son corps.

Elle expirait !

* * *

Hans hurla : il sentait l'âme de son amour qui passait près de lui en le frôlant... Elle venait de quitter son corps !

Mais c'est une âme fermée qu'il regardait partir, comme quelqu'un quitte en claquant la porte ; une âme cadenassée qui n'avait même pas un regard pour lui, qui dédaignait sa main tendue. Et il la voyait dans l'au-delà, piétinant dans la fange de l'ornière sous une pâle lueur de lune. Elle s'éloignait en descendant les pentes douces d'une prairie aux hautes herbes sèches et aux fleurs grises.

Elle venait de mourir...

Et lui, accroché au monde des vivants, il se penchait vers elle. Il l'appelait, en vain : de sa bouche béante ne sortait aucun son. Au travers de ses larmes, il la voyait qui arrivait devant la barque du passeur du Styx. Derrière elle, se tenait le Diable qui savourait l'instant à pleine poitrine, et de l'autre côté du fleuve, rugissait déjà sa Bête.

La jeune femme donna alors le prix de son âme au passeur, allant jusqu'à fermer elle-même les doigts du squelette sur la brillante pièce en or.

Chapitre III

Le Carrousel

Si vous concevez le Diable comme un super-démon, il ne sera jamais qu'un Malin à géométrie variable.

ÇA AVAIT COMMENCÉ par des cauchemars... toute une enfance de cauchemars horribles qui tétanisaient dans son lit le tout petit-enfant qu'il était. Combien de fois les parents du petit Hans en arrivaient à lui donner une gifle pour le ramener d'hallucinations qui avaient pris possession de tout son corps, et qui remplissaient le silence de la maison de ses terribles cris.

— Mais bon sang que se passe-t-il ? demandaient-ils alors.

—Elle est là!... elle est là! répétait encore l'enfant effrayé par une présence invisible, une abomination qui le poursuivait, qui tournait autour de lui, même éveillé, et qui ne manquait pas de lui donner rendez-vous pour ses prochaines nuits, ses prochains songes.

« *Elle* » c'était une chose indescriptible, racontera-t-il plus tard, c'était une présence dans le noir, quelque chose ou *quelqu'un*, là, tout près, comme un loup rôdant autour de la bergerie. Il pouvait sentir son souffle, sa vibration, jusqu'à l'enveloppement de son petit corps d'enfant dans ses ailes noires. Les fuites étaient impossibles : partout, elle était sur lui, collée à lui! Et les luttes étaient tout aussi vaines, parce que jamais il ne l'avait en face!

Plus tard, il dira encore que cette chose était l'opposé de l'existence, l'exact contraire de la vie et du mouvement, l'inverse de son âme. Quand elle surgissait dans ses rêves, c'était pour tout figer, dans un temps suspendu où elle s'emparait de tout, et surtout de lui. Alors ses cauchemars devenaient la confrontation de sa personne, avec ce qui en était tout le contraire, son absorption, la dissolution de son moi dans le néant!

Il n'y avait rien de pire.

* * *

Il lui avait fallu jusqu'à l'adolescence pour apprendre à affronter cette chose ; un combat qui exigeait une force de caractère acquise au fer rouge, même si plusieurs fois encore, ces visions revenaient le submerger au point qu'il se réveillait en sursaut et baigné de sueur. Il lui fallut plus de temps encore, pour lui donner un nom, un vrai nom, et pas un qualificatif de circonstance : il s'en convainquit un matin, où, en se réveillant d'un de ses terribles cauchemars, le jeune garçon déclara qu'il *savait* que celui-là qui le traquait, qui le suivait à la trace...

... était *le Diable* !

Oh ! pas un démon ou un fantôme de troisième zone, auquel il ne croyait d'ailleurs pas ; parce que si vous croyez aux démons, vous n'arriverez à Satan que par une porte étroite, un chemin au détour d'un conte de fée —somme toute bien amusant—, et qui laisse derrière vous la possibilité de vous échapper par une porte dérobée, comme quand on ferme un livre ou qu'on interrompt un mauvais film en appuyant sur le bouton *stop*. Si vous concevez le Diable comme un super-démon, il ne sera jamais qu'un Malin à géométrie variable.

Et ça n'était pas le cas !

Hans Jacob avait bien affaire à Lucifer, à Satan en personne !

Et c'est justement le jour où il lui donna un nom qu'il arriva enfin à affronter sa présence. Parce que si elle n'en devenait pas plus supportable, elle avait alors le mérite d'être un peu plus... familière. Et mieux, il comprit aussi que ces rendez-vous au milieu des songes n'avaient pas pour objet de le détruire, non ! Il devait y avoir autre chose... L'affaiblir ou le briser ? Lui faire peur, peut-être ?...

L'explication tardait à venir.

* * *

Mais quoi qu'il en fut, *Satan* n'avait pas l'exclusivité des songes et des terribles visions du petit Hans Jacob.

Ses étranges dons aidant, l'enfant faisait aussi d'autres rencontres ! Parce que s'il rêvait aussi de choses totalement imaginaires — comme tous les enfants—, parfois ses rêves se trouvaient étrangement reliés au monde des choses, des objets inertes ou animés, autant qu'au monde des vivants, à leur passé, voire à leur avenir. D'ailleurs, les *visions* de Hans ne concernaient que très rarement sa propre personne, il s'agissait surtout des autres : ses proches, ses amis —et plus tard sa Julia—, un simple objet ; des individus qu'il ne faisait que croiser au hasard d'un chemin, ou dont il ne faisait que serrer la main...

Voire effleurer l'épaule.

Aussitôt, des images surgissaient, d'abord totalement dénuées de sens, et qui lui demandèrent un long apprentissage pour qu'il décelât enfin l'amorce d'une lumière dans ce magma d'images et de sensations. Ainsi, il acquit une

58

manière bien à lui de percevoir son monde. Si, par exemple, une tuile devait tomber d'un toit, un scientifique avouerait son impuissance à calculer la trajectoire exacte de la tuile : il en établirait une moyenne parmi tant de divergence et d'imprédictibilités. Mais Hans, lui, voyait exactement où la tuile allait tomber et comment elle allait rebondir sur le crâne de la passante. Il le voyait non seulement dans l'instant, mais chose terrible, parfois des jours avant.

Certains auraient hurlé au satanisme, ou au miracle, mais il n'en était rien : tout ça n'était qu'une forme différente de la réalité, sans pour autant s'en départir. La réalité du jeune Hans ne relevait pas du miracle, elle était seulement plus réelle que pour beaucoup de ses contemporains ; elle était moins ancrée dans ses rouages —ces rouages qui sont le délice de la science—, que dans sa finalité. Il comprit, bien avant tout le monde, que c'est dans l'irréel que se passe l'Essentiel, et dans le réel, l'Accessoire !

Très longtemps, il ne pensa pas avoir un don particulier : à ses yeux, c'étaient les autres qui ne voyaient pas !

* * *

Ainsi, dès les premiers mots ânonnés par le petit-enfant, il y avait eu « *Le mur est tombé sur monsieur Alfred !* » mais monsieur Alfred, qui

59

était invité à prendre le thé avec ses parents, se gaussait haut et fort :

— Quel mur, mon petit Hans ?

Sauf que le mur ne devait tomber que demain !

Il y avait eu aussi : « *Ça c'est le couteau qui a coupé le doigt à tonton Riri !* »

— Mais non Hans, tonton Riri a eu son doigt coupé par la scie de l'atelier.

Sauf qu'en entendant les mots du petit-enfant, son oncle était devenu blême et son visage se décomposait jusqu'à le faire vaciller sur ses jambes : jamais il n'avait avoué à personne qu'il s'était coupé le doigt lui-même —tout imbibé d'alcool qu'il était—, avec précisément, ce couteau que désignait le petit garçon !

L'oncle n'est jamais plus revenu à la maison ! Ainsi que tellement d'autres, parents, voisins... amis. Par voie de conséquence, un désert s'était progressivement fait autour du petit enfant que tout le monde considérait d'un regard oblique et chargé de méfiance, comme s'il était atteint d'une maladie mystérieuse venue de nulle part, d'une possession qui lui avait toqué le cerveau, ou comme si quelque chose dans son petit être était gauchi à l'origine.

Même sa mère, qui lui parlait du grand gâteau d'anniversaire qu'ils feraient ensemble pour sa grand-maman, s'était évanouie en entendant l'enfant lui demander :

—Mais comment fera-t-elle pour soulever la grande pierre qu'elle aura sur elle?

Ainsi, et parfois bien avant tout le monde, Hans avait vu passer le décès de ses proches, de sa famille et de ses amis.

* * *

La mort?... Hans ne la ressentait pas du tout comme le commun des mortels, et la concevait bien différemment!

Depuis son enfance, il avait entretenu un rapport très particulier avec les défunts : il avait appris que la mort était juste un départ, pas leur disparition, seulement un effacement de notre horizon habituel, au profit d'une nouvelle image, quelque part dans un autre monde auquel il ne pouvait encore donner de nom.

Encore une fois, sa première expérience remontait à sa petite enfance, où, à califourchon sur un cheval de manège, il passait des instants merveilleux, emporté dans l'ivresse du carrousel avec une myriade d'autres enfants autour de lui, chacun dans sa voiture jouant à une poursuite sans fin, ou bien sur sa monture, se prenant pour des cow-boys ou des Indiens. Et soudainement, ne voyant plus sa mère auprès de lui, il avait complètement paniqué, au point que le manège avait dû stopper pour que sa maman vînt prendre le petit Hans dans ses bras.

61

—Hans... mais pourquoi avais-tu peur ? demandait-elle inquiète. J'étais là, tout près du carrousel, tu ne me voyais pas ?

—Si... je te voyais !

—Et alors ?... de me voir aurait dû te rassurer, non ?

—Oh ! non maman, non !

—Mais enfin, pourquoi mon petit Hans ?

—Parce que je te voyais comme je vois les morts !

Le petit Hans Jacob avait ce don de voir au-delà du carrousel, pas celui de son manège d'enfance, mais le *Carrousel de la Vie*, celui qui nous transporte dans le flot du temps. Hans voyait le monde vivant comme embarqué sur un immense manège dont le moteur est justement *le temps* : ce temps qui baigne chaque chose vivante, ce temps indicible qui passe sur chacun de nous et sur chaque être.

Pour Hans, tout ce qui relève du Vivant doit se trouver entraîné par ce manège temporel, irrémédiablement et sans possibilité de revenir en arrière. Mais par-delà, c'est-à-dire au-delà du manège, il y a tout ce qui lui échappe, ce qui n'est plus sous l'emprise du temps, à savoir le royaume des morts : là où résident les âmes, une fois séparées de leurs liens charnels, une fois sorties du Carrousel de la Vie...

C'est-à-dire, du temps des vivants.

Mais nous, simples mortels, n'en percevons rien, simplement parce que, emportés à grande vitesse sur notre manège temporel, ses abords immobiles nous apparaissent comme un fond continu : un flou permanent d'où il est impossible de distinguer quoi que ce soit. Sauf, peut-être, lors de ces moments furtifs où le regard perçoit une image, une sensation... dans ces quelques moments de songe où notre esprit se trouve un instant délié des contraintes du temps et porte son regard au loin.

Le petit Hans avait furtivement aperçu sa maman sur le bord du manège, exactement comme il avait aussi l'habitude de voir nos morts sur le bord du Carrousel de la Vie.

* * *

En grandissant, Hans comprit que ceux-là qu'il voyait en songe et qui étaient dorénavant *en-dehors de la Vie*, ceux-là qui étaient nos morts, avaient de nous une tout autre perception : pour eux qui nous regardaient défiler sur notre Carrousel, à l'instar de sa maman au bord du manège, c'est comme si notre passé était à gauche et notre futur à droite ; ainsi, le lointain passé était très loin à gauche, et le lointain futur, très loin à droite.

Pour l'au-delà, notre temps devenait une dimension géométrique ; il n'existait plus en tant que tel au profit d'une existence dans l'espace. Et puisqu'avec la mort, le temps des vivants devait s'effacer quand leur âme défunte descendait du Carrousel, Hans comprit que tout ce qui, auparavant, dépendait de cette dimension temporelle —ce temps qui imbibe chacune des fibres de nos corps—, devait aussi s'évaporer du même coup. C'est-à-dire que tout ce qui, d'une manière ou d'une autre, était lié au temps : le besoin, l'envie, l'espoir, mais aussi la peur, la haine, l'amour et la vengeance ; tout cela disparaissait avec la mort.

Pour les défunts, s'évaporait aussi la crainte du futur —parce qu'il n'y en a pas dans l'au-delà—, ainsi que tous les *désirs*, qui sont les moteurs de notre monde. Alors, si nous devions avoir des souhaits pour nos *morts*, il apparaissait que ces derniers n'en avaient aucun pour nous ! Et c'est bien pour ça que, de notre côté, nous n'avons aucune des clés pour percevoir, voire même pour comprendre les mystères de l'au-delà : son propre mouvement et ses motivations ; ses desseins ne peuvent se mesurer à l'aune des nôtres... s'ils peuvent seulement se mesurer.

* * *

Il avait fallu du temps à Hans Jacob pour déchiffrer les signaux qui lui ouvraient le Carrousel ; du temps, mais aussi un cortège de rêves, de cauchemars et de songes... Comme la vision de ses mains, tendues vers sa mère qu'il voyait dans le monde des morts. Elle décéda alors que le jeune Hans n'était qu'à son adolescence, et dans ce rêve, il passait devant-elle, comme emporté dans une glissade qui l'en éloignait irrémédiablement.

Dans ce songe, il voulait échapper à ce mouvement, à cette emprise du temps, et sortir du Carrousel pour rejoindre sa mère. Mais elle, d'un gentil petit signe de la main, lui disait « *non* » : elle était simplement venue lui signifier qu'elle était toujours là, comme quand il était petit et qu'il l'avait perdue de vue sur le manège aux chevaux de bois. Juste une caresse pour rassurer son petit Hans, pour lui dire qu'elle était bien. Lui dire de profiter de son *temps* à lui.

Et de ne pas avoir peur de vivre.

Parce que la *peur* était bel et bien devenue le quotidien de Hans. La peur de « *voir* » des choses horribles, la peur de tant de morts et de fantômes.

C'était tellement difficile d'accepter de telles visions, d'accepter que l'irréel pût à ce point embrumer le réel. Parce qu'à avoir un pied dans l'au-delà, il ne savait plus où devait s'arrêter le Vivant ! Avec les années, son don était devenu un handicap dont il rêvait de se défaire, une souffrance à chacune de ses rencontres, une torture quotidienne dont il espérait vainement le remède. Chaque soir, il s'endormait en faisant le vœu d'une nuit sans songe. Chaque jour, il retenait ses poignées de main, et s'empêchait de répondre à celles qu'on lui tendait. Il détournait ses yeux du regard des autres. Mais rien n'y avait fait : ni un caractère d'acier forgé au feu de ses rencontres nocturnes avec le Diable, ni la chimie des psychiatres, et encore moins le pendule des charlatans dont il ne voyait dans le balancement que la révélation de leurs propres turpitudes.

Plusieurs fois, désespéré, il s'était longuement arrêté devant une balle de revolver dressée debout, à côté de l'arme posée sur la table.

Il en avait le courage, parce qu'il en fallait du courage, non seulement pour presser la détente, mais surtout pour une éternité de combats qu'il savait l'attendre en enfer. Mais à chaque fois, c'était une voix connue, cette voix du Diable, tout près de lui, et qui disait :

— Hans, non !

* * *

Ce soir-là, dans un petit restaurant minable où deux hommes s'étaient discrètement donné rendez-vous, il en avait fallu du temps, à Hans, pour convaincre son ami, le docteur Gabriel, de... de ne pas se lever et partir devant celui qu'il devait prendre pour un fou, un fou à lier ! Gabriel, le vieil anesthésiste d'une misérable clinique, que Hans avait convié pour une demande bien singulière :

Le faire mourir !

Mais Hans avait retenu son ami par la manche alors que le docteur Gabriel suffoquait déjà, tentait de s'enfuir en prétextant ses rendez-vous tout en consultant une montre à quatre sous et en se demandant, en bégayant, où il avait bien pu poser son veston et son malheureux pébroc. Il n'avait pour ce jeune homme, que des yeux épouvantés, et sur son visage, une peur indicible, comme si celui qu'il avait en face de lui, ce réprouvé de la raison, était porteur de la pire des pestes !

C'est que Hans lui avait raconté des choses incroyables : dans un flot de paroles, il lui avait tout dit, de la vie et de la mort ; il avait tout déballé de ce qu'il appelait le *Carrousel* et de ceux qui sont « *là-bas* ». Enfin, pour convaincre le docteur de rester et de se rasseoir, Hans lui fit des aveux terribles, des révélations que seul quelqu'un qui a un lien direct avec l'au-delà pouvait connaître : des secrets sur le vieux docteur et ses proches qui ne pouvaient avoir été révélés que par la complicité d'une magie noire effrayante. La fascination du docteur Gabriel s'était transformée en dégoût, le dégoût le confinait maintenant à l'épouvante.

Le vieil homme ne savait plus quoi penser. Il ne souhaitait plus que se fermer les yeux et les oreilles, s'arracher des mains de ce jeune homme qu'il estimait pourtant, qu'il admirait même ! Celui-là qui avait le visage d'un gnome, maculé de bleus et de plaies recousues à la va-vite par les infirmiers des Services du Renseignement avant de le laisser sortir ; celui-là qui se tenait les côtes quand il toussait, de peur de se déchirer un ligament de plus... Celui-là, enfin, dont les propos défiaient la raison scientifique et dont les mots étaient cannibales !

Alors fallait-il se rasseoir et l'écouter enfin ?

Hans semblait tout savoir du vieux bonhomme : tout, depuis son enfance quand ses camarades se moquaient de lui en l'affublant d'un « *Pisse-sous-le-vent* » massacreur ; tout, aussi, de ses déboires, de ses échecs amoureux, et de ses terribles désirs de vengeance !... Vengeance bientôt assouvie, et dont Gabriel finit par se repaître.

Devant un docteur mis à nu, Hans n'en finissait pas de déchirer le voile : il savait tout, quand, comment, où... alors que jamais le docteur n'avait raconté cela à personne, tant il est vrai que jamais, on ne partage ses abysses avec autrui.

∗ ∗ ∗

C'est que Gabriel était loin d'avoir été très *propre* ! Il avait largement collaboré avec le régime dont il avait tiré bénéfice et largesses, profitant aussi d'un voile pudique jeté par les autorités sur quelques activités plus que douteuses. Ainsi, non-content d'avoir été un salaud, il avait aussi été un faible et un lâche, comme tellement de ses semblables d'ailleurs, puisque ces régimes cultivent la veulerie.

Mais un jour, il s'était trouvé submergé par une vague d'écœurement de ce qu'il était, et surtout de ce qu'il faisait. Parce que les assassins, il n'en existe que de deux sortes : ceux qui rient de leurs exploits, et ce qui en ont la nausée. Dès qu'il en fut comme ces derniers, il arrêta tout, et par voie de conséquence, se retrouva, du jour au lendemain, anesthésiste dans une minable clinique d'état, sans moyens, sans amis, surveillé jour et nuit, et sans autre avenir que de finir ses jours dans un appartement crasseux, oublié de tous et surtout de ses proches.

Il s'était ensuite rapproché des réseaux d'opposition et de résistance au régime. C'était surtout pour se donner un semblant d'existence *valable*, et peut-être aussi, dans un espoir de rédemption : il se sentait vieux et fatigué, étonné lui-même d'être encore debout. Et c'est là qu'il fit la connaissance de Hans Jacob et de son amie Julia, ces deux jeunes résistants habités par une foi inébranlable dans leur action...

Cette foi qui, justement, manquait au docteur Gabriel ! Au contact de ces jeunes gens, il lui semblait que la leur, cette foi lumineuse de leur jeunesse, instillait doucement en lui... Il mesurait combien la sienne était sèche et pâle, alors il s'abreuvait de la leur, et s'accrochait à ce qui devenait pour lui son ultime échelle de Jacob.

Hans ne l'avait jamais jugé : dès qu'il lui avait serré la main et pénétré ses secrets, tellement de visages étaient passés devant lui. Certes, des visages qui ne réclamaient pas vengeance, mais qui témoignaient de leur histoire, de leur vécu et de leur mort... simplement en se tournant vers lui.

Et maintenant, c'était au tour de Hans de faire revivre ce passé au docteur médusé qui ne pouvait plus contenir ses larmes : faire revivre le regard du petit enfant du ministre — un fils naturel—, dont le docteur Gabriel arrêta le cœur à l'occasion d'une anesthésie bénigne. Faire revivre l'assassinat de tant de maîtresses des officiels du parti, par une injection létale sur la table d'opération ; l'élimination des indésirables de l'opposition auprès de qui, il avait été dépêché en pleine nuit pour leur inoculer de fatals calmants...

Sans la moindre commisération, Hans racontait dans un flot de paroles ininterrompues comment cette jeune étudiante voyait le docteur lui perfuser le poison ; comment elle le regardait dans les yeux, vainement, à la recherche d'une âme qui s'était déjà cachée sous le voile.

* * *

Effondré sur la petite table d'un restaurant désert, pleurant sur ses manches élimées, le docteur Gabriel se maudissait et implorait les cieux alors que Hans lui tendait déjà une serviette en guise de mouchoir. Et puis après une profonde respiration, le docteur reprit une stature bien droite, celle de ces hommes —dont on dit qu'ils sont courageux—, qui se redressent devant un peloton d'exécution.

Alors Hans lui commanda :

— Docteur, tu vas me faire mourir !

Mais comme Gabriel n'arrivait même plus à dire le moindre mot, Hans continua :

— Tu vas me faire mourir le temps qu'il faudra, et tu me réanimeras, exactement quand je te le ferai savoir !

* * *

Plusieurs jours après, Hans et le docteur Gabriel s'étaient retrouvés en pleine nuit dans les souterrains de la *Clinique du Schwartzberg*.

Le vieil anesthésiste avait installé ses appareils dans l'une des caves du bâtiment : un endroit d'où ne filtrait aucune lumière, un endroit où aucun garde ne pourrait les trouver. Il s'était discrètement aménagé une place minuscule en poussant aux murs le désordre qui, au fil des ans, avait échoué dans ce local. Il avait posé ses propres appareils qui n'étaient pas de première jeunesse, mais... tant qu'il pouvait profiter de l'électricité, de quelques moniteurs et des drogues de la clinique, à ses yeux ça pouvait marcher.

Le « ça », c'était une mise à mort. « *Une de plus !* » se disait-il. Néanmoins, le docteur Gabriel se refusait de penser à autre chose qu'à ses gestes : préparer ses fioles, son matériel, le nécessaire brancard... Ses quelques principes —ceux qu'il tentait encore de tenir droits—, restaient au-dehors de cette cave sordide, et depuis sa dernière rencontre avec Hans Jacob dans ce restaurant maudit, le tribunal de sa conscience n'exhalait plus qu'une odeur de cendres.

Hans était venu le rejoindre à pied : une marche sous la pluie depuis la dernière gare, en coupant même à travers les champs aux tristes éteules, pour ne pas risquer d'être suivi. Après une heure sur les terres délaissées de l'hiver, dans les sentiers boueux, au travers des ornières et des talus, il arriva enfin devant la petite clinique délabrée, perdue au bout d'une route. Elle était au cœur d'une vallée abandonnée des hommes qu'on appelait *Schwartzberg* à cause de ses arbres noirs, ses sinistres montagnes et leur ombre tenace.

Après quelques portes dérobées, après les obscurs et humides souterrains du sous-sol et une fois qu'il eut retrouvé le docteur Gabriel dans une des caves, les premiers mots de ce dernier furent pour imposer à Hans quelques garanties, voire même, de lui faire peur : si ça devait échouer, lui dit froidement le vieux docteur qui n'osait toujours pas regarder le jeune homme dans les yeux, si celui-là ne pouvait être ranimé, son corps irait alors rejoindre les rebuts et déchets incinérables de la clinique. Le container stationnait déjà près de la sortie, il était clair qu'en cas d'échec, au matin il n'y aurait plus trace de lui.

* * *

Mais Hans était déjà en train de se déshabiller ; il acquiesça d'un simple « *Mhh Mhh !* » et malgré cet échange lunaire, le local froid ne parut encore occupé que par des épaisseurs de silence. Cependant, le docteur demanda encore :

— Mais tu sais que tu n'auras que quelques minutes, sinon je ne pourrai pas te ranimer... qu'espères-tu faire en quelques minutes ?

— Ne t'inquiète pas docteur : là-bas, le temps est différent !

Et maintenant vêtu du minimum, Hans s'allongea directement sur le lit glacial, aux montants rouillés et au skaï passablement déchiré. Tout en s'occupant de lui, le docteur avait encore des questions, à moins que ce ne fût que l'expression de ses propres craintes et hésitations :

— Mais alors pourquoi un simple arrêt du cœur ne suffirait-il pas ?

— Docteur, tu sais mieux que moi que c'est vivant qu'on meurt, tant qu'il y a un soupçon de vie, on n'est pas mort.

— Euh...

73

En même temps qu'il lui préparait le bras, le docteur regardait le jeune homme d'un air plus que perplexe. Alors Hans attrapa une dernière fois la main du vieil homme, qui tenait déjà une longue seringue :

— Dis-toi bien une chose, docteur, ça ne commencera pour moi, que quand tu seras convaincu que tout est fini ici... pas avant, certainement pas avant ! Et c'est pour ça qu'il faut que tu attendes un signe de ma part.

Le vieux docteur secouait la tête :

— Un signe d'un mort ? Tu en as de bonnes... quel signe ? Et si ce signe ne venait pas ?

— Alors je pense que... au moins, je serai auprès d'elle.

Hans respira profondément alors que le docteur Gabriel, en soupirant, lui posait le cathéter dans la veine de son bras. Dans sa main, Hans avait un petit sablier de verre qu'il tendit au docteur :

— Pose ça sur le meuble là-bas. Je trouverai un moyen de le renverser : ça sera le signe qu'il faut me ranimer.

— Le signe que... Mais qui fera tomber le sablier au moment où toi, tu auras quitté ce monde ?

— Je trouverai, t'inquiète !

Ils échangèrent un dernier regard, celui de deux duellistes se faisant face pour la dernière fois, pistolet en main, l'un des deux allait mourir... voire les deux.

Enfin, le docteur Gabriel secoua la tête : « *Tout ça n'est que folie !* » et alors que ses yeux se brouillaient, il libéra la drogue mortelle qui déferla dans les veines de Hans Jacob.

Chapitre IV

Le Styx

*Comment franchir le fleuve des
morts, sans jamais le traverser ?*

C'ÉTAIT comme le bruit infernal d'un train lancé à pleine vitesse ! Bien loin des fondantes images communément admises d'un réveil dans un long couloir baigné de sérénité et de lumière blanche, Hans Jacob se réveillait dans une tornade !

Il se voyait debout au seuil d'une porte de train lancé à pleine vitesse, ou encore au bord d'un manège qui, comme une toupie folle, tournait à vive allure : devant lui défilait la trame d'un décor sans forme, sans terre ni ciel si ce n'est un gris uniforme ; sans haut ni bas, seulement le résultat d'une incroyable tempête où il ne distinguait aucun détail. Tout tremblait comme dans une machine infernale, et mugissait comme au cœur d'un ouragan.

Il avait cette impression d'être au bord d'un précipice sans passerelle, avec rien à quoi se raccrocher, et ce vent fou qui lui fouettait le visage et l'aspirait dans le vide...

Il allait tomber.

* * *

Mais en baissant les yeux, émergeait la forme d'une silhouette striée par le vent : celle du magicien, ou plutôt le Diable, qui s'approchait en contrebas à quelques poignées de main de lui, et qui, tout en souriant, retenait son grand chapeau pour ne pas qu'il fût lui aussi emporté par la tornade :

— Dis donc l'homme, criait Satan, ça souffle ici... ça souffle même autant que dans ta tête ! Ne t'avais-je point conseillé de renoncer ?

— Certainement pas ! cria Hans en retour, surtout préoccupé par son inconfortable position : en tendant les mains autour de lui, il cherchait le moyen de descendre sans encombre du Carrousel avant que d'en tomber lourdement. Il cherchait une rambarde, un marchepied... mais il n'y avait rien. Le Diable lui tendit alors sa main.

— Je ne devrais pas être ici, l'homme, mais comme toi, tu y es...

Alors Hans, saisissant enfin la main tendue, fit le dernier pas dans le vide et se retrouva brutalement catapulté dans les bras puissants de son hôte qui, tout en riant, l'empêchait d'aller rouler plus loin :

—Ah ah ah!... oui, je sais... la première fois, on me dit toujours que ça fait un choc! D'ailleurs, on ne me dit jamais que ça!

Hans reprenait ses esprits. Devant lui, il découvrait le spectacle nouveau d'un paysage arrêté qui respirait le calme et la sérénité : un paysage morne, sans vent, sans nuage ni couleur, même si pour autant restait le souffle de la tornade qu'il venait à peine de quitter. Le Diable tournait autour de lui en prenant un soin particulier à retirer la poussière de son costume :

—Voilà... J'aime quand les choses sont propres et nettes, pas toi?

En effet, Hans se découvrait élégamment costumé. Il voulut donner son avis ainsi que lui suggérait le Diable, mais se rendit compte qu'il n'en avait pas : *aimer, ne pas aimer* était maintenant des questions sans réponse, ça n'était même plus des questions. D'ailleurs, et sans doute habitué à ce silence chez ses invités, le Diable ne semblait attendre aucun retour et continuait son monologue :

—Mais je vais te faciliter les choses, l'homme : puisque je sais depuis longtemps que c'était ton désir de venir ici, et même si tu n'as plus de désir, ça reste gravé en toi... Eh bien, à toi de descendre jusqu'au fleuve, là-bas, tu vois? Ensuite, tout dépend de toi, mais je te le répète, surtout ne...

Hans, qui s'était tourné vers lui, l'interrompit :

—Je passe le fleuve, et je reviens avec elle!

Le Diable soupira, baissa les yeux, et un peu contrarié, secoua doucement la tête. Derrière lui,, le Carrousel filait bon train ; Hans pouvait lever les yeux vers ce train géant qui glissait le long de la montagne dans une tornade de lumière. L'effet était saisissant : le Carrousel semblait foncer à pleine vitesse et emporter dans son mouvement un vent de tempête. Pourtant, on pouvait y voir, parfaitement immobiles, tous les tableaux de sa *vie* : ses derniers moments au côté du docteur Gabriel, et plus avant encore son arrivée à la clinique ainsi que sa longue traversée dans les champs. Sur la droite, le Carrousel se précipitait dans le virage de son avenir d'où l'homme ne distinguait encore pas grand-chose ; il y voyait seulement le docteur Gabriel, inquiet, et même désespéré au-dessus de son cadavre ; plus loin encore, il avait revêtu sa grosse veste d'hiver et quittait la pièce après en avoir éteint la lumière.

Son corps à lui, son corps d'humain, restait inanimé sur le brancard.

Hans frémit de cette dernière vision. Allait-il donc échouer, se demandait-il, alors que le

Diable continuait de tourner autour de lui en lui glissant à l'oreille avec satisfaction : « *Tu vois l'homme ?... tu vois ce qui va arriver ? Je n'ai pas de leçon à te donner et encore moins à t'apprendre à vivre... si ce n'est peut-être à mourir !* »

Cependant, Hans s'était détourné de cette dernière vision du Carrousel pour se retrouver nez à nez avec Satan, qui rajoutait avec ce qu'il pouvait de cordialité :

—Pour franchir le fleuve, tu devras laisser au passeur le prix de ton âme : sans ce paiement, tu ne pourras plus revenir. Alors renonce à ton projet, homme, attend sagement ici avec moi et ne fais rien qui te condamnerait pour l'éternité. De là-haut *ils* vont venir te chercher : tu iras au Paradis et tout ira bien pour toi !

Pendant un instant, Hans ne sut plus quoi faire ni quoi penser, subjugué par la vision de son corps inerte, abandonné dans le noir. Au fond de lui, c'est comme si toute volonté d'action s'était évaporée, comme si toute son âme le poussait à se fondre dans un paysage immobile, et à accepter. Il avait la terrible sensation qu'il s'enfonçait dans le néant alors que le Diable l'invitait à le suivre :

—Reste avec moi, l'homme, disait-il avec une très accommodante bonhomie, babillons toi et moi en attendant, ça me fera plaisir !

Mais Hans se ressaisit brutalement, et s'extirpa de la main du Diable qui était venue se poser sur son épaule. Ce dernier, le sourcil contracté, dit avec gravité :

— Ne fais pas ça l'homme, tu aurais dû écouter les présomptions de ta propre ruine. Tu n'en as rien fait et te voilà...

Il parlait lentement, du ton dédaigneux d'un oracle dont on aurait voulu se jouer. Cependant que devant lui, Hans inspirait fortement avec la ferme intention de raviver le mince filet de conscience qui coulait encore dans ses veines. Avec une brutale volonté, il déclara :

— Non, Je vais le faire !

Et il ajusta sèchement le col de son costume, contourna Satan qui se tenait immobile devant lui, et commença de descendre d'un pas résolu les coteaux qui l'amèneraient vers le fleuve. Dans son dos, le Maître appelait encore, tout en agitant sa canne :

— N'y vas pas, l'homme... Je te le dis : tu ne reviendras pas !

— On parie ? lui lança alors Hans Jacob, de plus en plus déterminé, et qui rentrait déjà dans les hautes herbes.

Alors dans son dos, le magicien vint s'appuyer sur sa canne, empoigna son chapeau, et dans une révérence, répondit d'un air tout patelin :

— Tout ce que tu veux, l'homme... tout ce que tu veux !

* * *

Hans s'était résolument engagé sur le flanc descendant de la montagne. La pente était raide, il devait se frayer un passage dans de hautes herbes sèches, risquant plusieurs fois de glisser sur leurs tiges qu'il foulait au pied. Plus loin devant lui, semblaient se dessiner, sinistres et noires, les brumes opaques de sa destination.

Il se retourna une dernière fois, le Diable avait disparu ; il n'y avait plus là-haut que le Carrousel qui défilait à flanc de montagne en fermant l'horizon : c'était comme les images d'une myriade de films juxtaposés ; des images en quantité incommensurable, transportées par un train rapide, un espace lumineux où se jouaient mille scènes de la vie dans des wagons qui filaient à vive allure, mais sans pour autant que les images fussent elles-mêmes dans son mouvement.

D'un pas toujours plus décidé, Hans descendit des prairies sauvages mornes et silencieuses ; des champs de coquelicots immobiles dont les pétales gris tombaient en poussière si sa main devait les effleurer ; des herbages aux feuilles sèches et cassantes. La vie semblait avoir déserté ces lieux qui s'étaient figés pour l'éternité dans une totale absence de mouvement et de couleur. Au-dessus de sa tête était un ciel sans soleil, uniforme et froid comme avant la neige, mais sans qu'elle ne tombât jamais. Et tout autour, les paysages semblaient totalement déserts et dénués de présence : pas un insecte pour striduler, pas même un oiseau à s'échapper des herbes, ni un lapin des fourrés. Ici, même le temps avait trépassé.

Tout ne semblait être qu'un immense, froid, et lugubre tableau.

La pente se faisait plus douce, le ciel se faisait plus sombre. Dans un paysage toujours plus morne et feutré, Hans arriva enfin à quelques roseaux qui bordaient la rive d'une large étendue d'eau : c'était un fleuve immense dont il était difficile de deviner le mouvement tellement ses eaux semblaient dormantes. L'autre rive paraissait bien loin, perdue dans la brume glaciale, et d'en face justement, il put enfin distinguer l'ombre d'une embarcation qui venait à lui.

Quand elle fut assez proche, Hans put y voir la silhouette lugubre du passeur qui, sous sa vieille cape éraillée, poussait lentement sur sa perche. La barque s'arrêta à ses pieds en enfonçant son étrave dans les herbes. Aussitôt la longue main d'os et de chairs pourries de *Charon* s'ouvrit sous ses yeux.

Hans se pencha un instant pour plonger son regard sous la capuche du passeur... Il n'y avait rien, qu'un trou béant qui exhalait l'épouvante !

Seulement, c'est à peine s'il se rendit compte que, par un réflexe qu'il ne maîtrisait pas, sa main avait fouillé dans la poche de son costume où se trouvait une lourde pièce, et qu'elle s'avançait déjà devant lui, avec cette pièce d'or, fascinante, gravée d'une étrange effigie, et parée de caractères tout aussi étranges et lumineux... Si son regard restait accroché à l'objet, sa main avançait insidieusement vers celle du passeur, sans qu'il ne puisse rien y faire.

Sa propre volonté semblait s'évanouir, et toutes les voix qui, jadis, accompagnaient ses gestes, ses actions et ses choix, étaient maintenant silencieuses. Alors c'est avec effroi qu'il voyait sa main arriver maintenant au-dessus de celle de Charon...

Et qui allait s'ouvrir !

Seule une petite flamme, encore vaillante au fond de lui, commanda à Hans Jacob de renoncer : prestement, il crispa ses doigts sur la pièce et la ramena contre sa poitrine. Mais le passeur insista... Alors Hans fourra l'objet précieux au fond de sa poche et vérifia même en tapotant dessus qu'elle y fut profondément enfouie. Pourtant, la main du passeur restait ouverte et attendait encore, tout en avançant lentement.

Effrayé, Hans recula de plusieurs pas dans les herbes, ses pieds seulement arrêtés par quelques mottes sèches qui manquèrent presque de le faire tomber. Il s'éloigna alors à la hâte, tournant le dos à celui qui restait sur sa barque, bras tendu, dans l'attente de recevoir son prix avec son passager, et qui suivait l'homme du regard —du moins d'une absence de regard—, celui-là qui était pris de panique, et s'était mis à courir le long de la berge.

Hans courait à perdre haleine en des foulées difficiles parmi les mottes et des roseaux séchés qui lui griffaient la peau et lui fouettaient le visage. Jusque dans sa bouche, il avait ce goût amer qui lui ordonnait de fuir, de s'éloigner coûte que coûte de ce sinistre personnage.

* * *

Une fois son calme retrouvé, il put reprendre une marche plus tranquille le long du fleuve, car tel était son dessein : pas question de remonter au Carrousel, pas question non plus d'attendre le Paradis ; il ne lui restait comme alternative que de marcher le long du Styx en attendant... en attendant... mais il ne savait plus quoi.

Pourtant, dans son dos, il pouvait toujours apercevoir le passeur sur sa barque, qui le suivait en contournant les îlots d'ajoncs, mais sans pour autant se laisser distancer. Quand Hans faisait halte, aussitôt la barque du passeur fendait les roseaux et venait s'arrêter à sa hauteur ; *Charon* s'avançait jusqu'à la proue, tendait la main et attendait. Toutefois, dès que son client reprenait sa marche, il plantait avec un même flegme sa perche dans la vase, et poussait de nouveau son embarcation en avant.

Ainsi se passa son long voyage le long du fleuve.

Parce qu'avant d'entreprendre ce périple, Hans avait conçu une idée qu'il essayait de tenir la plus vaillante possible dans ce monde d'oubli, ce monde sans désir et sans intention ; coûte que coûte, il s'échinait à projeter dans sa tête cette image, sur un futur qui n'existe pas. Cette idée, qu'il ravivait en se frappant les tempes dès qu'il s'asseyait sur un rocher, elle consistait d'abord à suivre résolument le fleuve, et à se débarrasser de ce maudit passeur.

Seulement, le chemin de Hans n'était pas facile : il s'abîmait à chuter, tomber, et sans cesse se blessait sur des rochers saillants, dans les trous entre les herbes ou dans la vase ; le fil des roseaux lui entamait la peau, autant que les griffures de ce qui ressemblait à de terribles ronces.

Néanmoins, il s'obligeait à marcher... encore et encore, sur un temps qui lui semblait infini, même s'il n'y avait ici aucun soleil pour faire des ombres qui s'allongeraient avec les heures, ni aucune nuit, aucune aube pour marquer les jours. Il n'y avait pas non plus de chants d'insectes ou d'animaux qui se tairaient avec le soir, aucun lézard pour se réchauffer au soleil de l'aube, pas même un vol de corneilles gagnant les bois au crépuscule. Hans marchait en oubliant aussitôt les pas précédents ; il marchait sans savoir depuis combien de temps il marchait.

Et s'il ne ressentait pas vraiment la fatigue, il constatait néanmoins que c'étaient ses blessures qui entamaient profondément ses forces et sa résolution. Il fallait qu'il aboutisse !

Parce que s'il n'y avait pas de temps dans cet au-delà, Hans sentait néanmoins le sablier de sa propre volonté qui s'écoulait insidieusement.

Hélas, le passeur le suivait toujours : si Hans devait grimper une colline ou contourner quelques falaises, c'était pour le retrouver dès qu'il arrivait de nouveau au bord du fleuve ; toujours là, identique à lui-même et ne manifestant jamais aucune humeur ni aucune irritation de devoir suivre ainsi son homme sur une telle distance. Alors plus Hans avançait, plus il avait le sentiment grandissant de la vanité de son entreprise : le fleuve semblait toujours aussi large, le passeur ne paraissait pas pouvoir se lasser, et les paysages restaient identiques à eux-mêmes.

Le fleuve, devait-il être un infini de l'au-delà ? Une perpétuelle répétition de lui-même ? La représentation opposée de nos finitudes terrestres ? Même dans sa fuite désespérée devant le passeur du fleuve des morts, c'est bien ce dernier qui le dominait toujours.

Pourtant, une fois, il arriva que Hans Jacob s'octroyât un peu de temps pour se reposer sur un rocher devant le fleuve. Il constatait avec amertume les griffures sur ses jambes et sur ses mains ainsi que son costume déchiré, autant que pouvait l'être son âme. Alors qu'il soufflait pesamment sans arriver vraiment à calmer sa respiration tout en se posant mille questions sur sa malheureuse entreprise, la barque de Charon vint se planter —comme pour la millième fois—, dans les herbes juste devant lui. Pourtant, avant même que le passeur tendît sa main pour demander encore une fois son dû, le courant décrocha la barque de la rive !

Même le passeur, surpris, fut contraint de s'activer sur sa perche pour reprendre le contrôle de son embarcation !

Il y avait donc maintenant du courant !

Un courant assez fort pour emporter une barque !... Dans sa course aveugle, Hans n'avait pas vu que le fleuve avait gagné en vitesse, il n'avait pas non plus remarqué que la rive opposée, à laquelle il n'accordait plus d'intérêt, s'était maintenant largement rapprochée : on en devinait la rive noire dans le brouillard. Ses espoirs n'étaient donc pas vains !

Le fleuve l'amenait à sa source !

D'ailleurs, peu de temps après, il se produisit aussi quelque chose de nouveau : alors que Hans détaillait avec joie la rive d'en face qui s'offrait chaque jour plus précise à son regard, le passeur qui, comme à l'accoutumée, était revenu tout près de lui, tendit une main qui fut prise d'un léger mouvement d'agacement !

C'était bien la première fois que Hans pouvait le voir ainsi insister. Il regarda alors lon-

guement dans le vide de celui qui était devenu
son unique compagnon d'infortune, et ne put
s'empêcher de lui lâcher :

— Tu t'impatientes, hein !

* * *

Tout n'était pas fini pour autant, loin de là.
Il fallut encore un très long chemin pour que
Hans perçoive nettement son approche de ce
qui était les *sources du Styx !*

D'abord, il pouvait nettement voir les
détails de la rive d'en face : un paysage
complètement plat, désolé et sans arbres, même
si de son côté, les végétaux qu'il croisait sur sa
route n'étaient que des reliques desséchées.
Ensuite, les horizons commençaient à se
refermer sur lui : une longue et haute chaîne
de montagnes sans neige venait maintenant
ceinturer le ciel de tous côtés...

Et enfin, imperceptiblement, il montait !

Son chemin se faisait de plus en plus pentu
et par voie de conséquence, le fleuve aussi se
faisait plus rapide : son flux se chargea d'abord
de vaguelettes, et maintenant de vagues et
d'écume. Les flots du Styx étaient maintenant
particulièrement forts.

Et puis au détour d'un immense rocher qu'il
avait dû contourner parce qu'il l'empêchait de
longer la berge au plus près des flots, il se rendit
compte que le passeur n'était plus là. Il escalada

90

même un énorme bloc pour chercher à l'horizon celui qui l'avait silencieusement accompagné jusqu'alors, et dont il s'était habitué à la présence, mais le fleuve était totalement vide.

Avait-il gagné? Ou bien le passeur s'était-il simplement retiré pour laisser la place à quelque nouvelle difficulté ou quelque nouveau monstre? Sans pouvoir apporter de réponse à ces questions, Hans descendit et continua sa marche plus convaincu que jamais que son plan avait dorénavant une bonne chance de réussir. D'ailleurs, puisqu'il n'avait plus le passeur à ses trousses, il se demanda s'il ne lui serait pas possible de traverser le fleuve à la nage.

Devant lui, sur toute sa largeur, il voyait maintenant les eaux noires du Styx bouillonner en un chapelet de vaguelettes très significatives : en effet, il se souvint des parties de pêche de son enfance; et même s'il était difficile de raviver tous ces souvenirs, il revoyait les passages des rivières où lui et ses camarades pouvaient traverser sans danger. Les eaux des montagnes et leurs secrets, il les connaissait bien! Alors ce qu'il avait maintenant devant ses yeux, ressemblait bigrement à ce qui était un gué.

Le moment était venu de s'engager dans le fleuve!

Il avança donc résolument, jusqu'à avoir de l'eau à la taille : une eau étrange, noire et dense comme de l'huile de vidange, mais qui ne collait pas à la peau et n'imbibait pas ses vêtements. Le liquide était glacé, mais il en avait l'habitude. Encore que, à chacun de ses pas dans cette substance opaque, il sentait que ce froid lui paralysait les jambes, tout autant que sa volonté de les mouvoir... Était-ce cette étrange eau noire qui ankylosait ses muscles et aspirait le peu de force qu'il avait encore ?

Il n'avait pas fait deux mètres dans le fleuve, qu'il comprit le piège mortel où il s'était engagé : ce fleuve-là lui aspirait son âme et lui prenait sa vie ! Pris de panique, il tenta un demi-tour pour regagner la berge au plus vite. Mais ses pas traînaient, et ses jambes ne le suivaient déjà plus... Il n'avait que ses bras pour le tirer de là, mais même en les activant comme un diable dans les eaux noires, il sentait le froid et la paralysie les gagner eux aussi !

Il s'en fallut de peu qu'il n'y reste, et c'est de justesse qu'il réussit à se laisser choir sur la berge, et à tirer ses jambes inertes hors du fleuve maudit. Pour lui, c'était clair : impossible de passer par là ! Impossible de franchir le fleuve en s'y plongeant ! Ce liquide était maléfique, mortel pour les âmes... Vraiment, il ne fallait pas y rester trop longtemps.

* * *

Déçu, mais toujours animé d'une même résolution, Hans reprit sa marche. Plus loin, le fleuve s'était transformé en une rivière, somme toute bien tranquille, mais il était hors de question de refaire une tentative pour la traverser. Autour de lui, le paysage avait fini par changer radicalement ; sa marche s'était transformée en ascension au bord d'un torrent d'une eau glauque et opaque, même son écume était noire. Peu à peu, il se retrouva à l'entrée d'un gigantesque cirque de montagnes : un paysage étrange et sombre, ceinturé de gigantesques sommets rocheux, secs et aux parois vertigineuses. En son sein, trônait une large vallée étrangement plate et lunaire...

C'était les sources, les sources du Styx !

En se retournant, il put contempler le chemin parcouru : en de longues courbes, le fleuve, toujours plus large, allait se perdre dans les denses brumes de l'horizon. Devant ce spectacle féerique, Hans avait la sensation d'être arrivé aux origines de l'univers. Devant lui, l'immense fleuve coulait dans le lointain, telle une saignée entre deux mondes : sur sa gauche, les sommets semblaient plus verts, plus lumineux, peut-être même plus fertiles, alors que la rive droite du fleuve, n'était qu'un gris de désolation, une plaine sans relief comme un gigantesque champ de boue, et séparée de son opposé par le fleuve infranchissable.

C'est comme si, aux origines, le socle de l'univers avait été créé tel un immense plateau fertile, parcouru de mille rivières distribuant partout les mêmes bienfaits. Et puis il y eut une légère faille dans le socle, une toute petite brisure de ses origines où s'engouffrèrent les eaux. Lentement, elles parvinrent à l'agrandir et peu à peu, la petite faille devint cette immense vallée du Styx, séparant deux mondes, le bien, le mal, dorénavant inconciliables.

Tout ce paysage disait à Hans l'histoire passée de cet *au-delà* qui était aussi le socle du *vivant*. Il pouvait y voir que, indépendamment du Carrousel qui devait défiler quelque part au loin, le monde s'était séparé ici en deux parties qui n'avaient de cesse de s'éloigner et de s'opposer.

* * *

Mais il fallait continuer! À ses pieds, le fleuve se séparait en une myriade de confluents qu'il fallut remonter avant d'entreprendre de les enjamber ou de les traverser un à un, le plus rapidement possible, mais parfois avec beaucoup de difficultés.

Après ce labyrinthe de source, ce fut un marais que l'homme dut affronter : une immense étendue humide, d'où l'eau suintait entre de hautes mottes d'herbes sèches mais trop instables pour y poser le pied. Il chutait encore et encore, s'enfonçait dans une vase glauque et gelée qui l'aspirait, qui lui collait à la peau et s'infiltrait dans ses vêtements jusqu'à lui glacer les os. Ce calvaire parut durer une éternité ; il n'y avait nulle place assez large pour s'allonger et se reposer ; nul endroit stable, toujours à deux doigts de tomber dans la vase. Sans cesse il fallait avancer, sauter, s'épuiser... Il lui sembla ne jamais pouvoir en sortir.

Mais quand il se retrouva à patauger dans l'une des sources du fleuve, dont l'eau peu profonde lui semblait enfin un peu plus limpide, il pensa pouvoir s'y abandonner un moment, accroché à la berge, et laissant son corps s'y laver de la boue accumulée et collée à ses basques, mais aussi s'y endormir malgré lui... Avant qu'un réflexe salvateur ne lui commande de se réveiller et de se tirer de là : il comprit avec effroi combien son corps l'abandonnait doucement et désirait même cet abandon ; les eaux du Styx l'avalaient encore une fois, et n'étaient propices qu'à la dissolution de son âme !

Alors il s'échappa en hâte, paniqué, désespéré et en pleurs. Un long moment, il courut ainsi au hasard, sans se rendre compte que sous ses pas, la terre se faisait de plus en plus ferme et compacte : enfin, il avait quelque chose de solide sous les pieds. Il n'était plus dans le marais !

Il avait quitté le territoire spongieux des sources et les millions d'affluents du fleuve des morts. Avait-il pour autant franchi les sources du Styx ? se trouvait-il enfin sur son autre berge ?

* * *

Il écarquilla les yeux. Devant lui s'ouvrait un immense territoire, à la terre sèche, morne et désolée, comme celle d'un champ de bataille.

La nature —si on pouvait dire ainsi—, s'offrait totalement déguenillée aux puces et aux rats, ainsi qu'à quelques rares arbustes en haillons qui paraissaient avoir été oubliés là depuis des temps immémoriaux dans un territoire sans couleur, sans herbe qui oserait percer entre deux cailloux gris, sans une once de vent et sans le moindre bruit.

Pour lui, c'était sûr, il était passé de l'autre côté ! Et si ce côté-là, à l'instar de l'autre, lui paraissait toujours sans le souffle d'une vie pour l'animer, cette absence était ici criante : c'était son opposé, c'était sa négation.

D'avoir franchi le fleuve lui donnait des ailes. Pris d'un soudain étourdissement, il dévala les pentes qui descendaient du plateau des sources, courut le long de cette nouvelle rive, sautant les obstacles avec un nouvel entrain, en ayant en son cœur un sentiment qu'il n'avait pas eu depuis son arrivée dans ce monde : un sentiment de joie, parce qu'il avait réussi l'extraordinaire, l'inconcevable...

Il avait franchi le fleuve des morts, sans jamais le traverser !

96

Alors il courait, se gorgeant de cette idée comme un alcool merveilleux, comme si aucune fatigue ne pouvait avoir d'emprise sur lui. Il courait parce qu'il était certain maintenant de pouvoir revenir avec son amie : ça avait marché, il allait faire le même chemin pour le retour, c'est sûr !

Mais soudainement, il se trouva terrassé par quelque chose de fulgurant, une masse énorme qui avait fondu sur lui en un éclair. Il roula sur le sol, où il se trouva encore bousculé, frappé et balayé par une ombre au-dessus de lui, mais qu'il ne voyait pas encore ! Quand enfin, il se trouva les bras plaqués au sol et qu'il put rouvrir les yeux, il avait juste devant lui la gueule d'une bête immonde, à la peau grenue, aux mille dents acérées dans des mâchoires qui tremblaient de se retenir pour ne pas venir se fermer d'un coup sur le jeune et appétissant croquembouche qu'il était !

Et malgré la salive qui lui dégouttait dessus depuis cette gueule ouverte, Hans Jacob dit seulement :

— Bon, ça suffit, oui ?

La chose se figea alors sur place, et dans ses yeux, Hans vit même leur intense lueur rouge qui s'éteignait. Puis elle bondit et se retira en un éclair.

L'homme reprit calmement sa respiration et se releva lentement. À quelques pas de lui, la Bête était là, accroupie, recroquevillée sur elle-même ; elle avait abandonné son « *furioso* » pour se rapetisser à vue d'œil. Hans la regarda longuement tout en s'essuyant le visage de sa manche, cette Bête qui lui tournait le dos et qui, doucement, redevenait ce qu'elle était déjà pour lui, et telle qu'elle lui était déjà apparue :

Une femme...

L'assistante du Magicien.

— J'aurais pu te dévorer, tu sais ?... grognait la femme-bête une fois qu'elle eût retrouvé l'aptitude de la parole.

Elle le réprimandait ainsi sévèrement tout en soufflant de rage, pestant, tapant le sol du talon de ses bottes de cuir et tout en lui adressant de nouvelles flammes venimeuses : « *Il ne m'aurait fallu qu'une seconde pour qu'il ne reste rien de toi... Tu entends l'homme, rien !* ».

De son côté, ce dernier rajustait ses vêtements, et retirait de ses épaules la poussière d'un costume qu'il trouvait décidément de plus en plus défait :

— Voyons, vous saviez très bien que j'allais venir, alors cessez de râler !

Prenant ses genoux dans ses bras, la bête répondit :

— Alors ne compte pas sur moi pour t'aider à retrouver ton amie !

— Bien sûr... je suppose que c'est par là ?

Pendant encore longtemps Hans Jacob parcourut les territoires désolés des enfers. Derrière lui, la Bête suivait à quelques pas. « *Tu fais fausse route !* » lâchait-elle de temps à autre. Du coin de l'œil, elle examinait cet homme étrange, le seul sans doute qui avait réussi à arriver jusqu'ici, mais elle faisait volte-face dès qu'il se tournait vers elle. Elle était telle qu'il l'avait vue au cabaret : une jeune femme aux longs cheveux, avec ses mêmes vêtements de cuir bien serrés et son étrange collier de pierres noires qui lui serrait le cou. Elle marchait nonchalamment en tapant des talons, ou en jetant de temps à autre un œil sur un de ces monticules de boue qui tapissaient la plaine tels des excréments.

Ces tas étaient de plus en plus nombreux !

Parfois, la Bête soulevait ce qui était un *manteau de boue*, découvrant au-dessous, la femme ou l'homme qui y était accroupi. Celui-là, réduit à la taille d'un gnome ridicule, avait un mouvement de frayeur en voyant la Bête apparaître devant lui ; une autre avait le visage inondé de larmes et pleurait des « *non non...* ». Toutes ces âmes perdues jonchaient le sol jusqu'à l'horizon, assises sur une pierre, et recroquevillées sous un épais manteau de bourbe tels des tas d'immondices où ils passaient leur éternité après la Vie.

Ils étaient légion : des milliards de tas de boue déposés là, jusqu'à l'infini, et ces ils étaient parfois si serrés qu'il fallait à Hans une attention de tous les instants pour ne pas risquer d'en renverser un.

— Oh ! Oups... excusez-moi, faisait-il en sautillant comme chat sur braise si son pied risquait la collision.

Il poursuivait en s'enquérant auprès de la Bête :

— Ils dorment peut-être ?... Je ne risque pas de les réveiller au moins ?

— Penses-tu, pouffait la Bête, ils savent que je suis là. Ils sont terrorisés ! C'est que je m'occupe bien d'eux.

Alors, à son tour, Hans commença de soulever les lourdes toiles à la recherche de sa Julia :

— De toute façon, je la trouverai, alors autant me dire tout de suite où elle est, vous ne croyez pas ?

Elle le regarda avec l'amorce d'un sourire à la commissure des lèvres :

— Rien du tout ! Peut-être que j'aime bien ta compagnie, l'homme !

— Alors, trouvons-la et rentrons ensemble !

— Pfff... n'y compte pas !... Et puis ça n'est pas la peine d'aller par là.

— Pourquoi n'irai-je pas ?

— Parce qu'elle n'est pas avec ceux-là !

— Ah bon ? Voilà que vous organisez vos enfers maintenant, vous classez vos pensionnaires selon leurs péchés, c'est ça ?

La Bête partit d'un large rire qui couvrit les immenses territoires dont elle avait la charge !

— Mais je ne classe personne l'homme, chacun se met là où il veut, là où c'est *le pire* pour lui !

Elle s'était approchée de Hans, et tournait autour de lui tel un fauve, tout en le regardant avec des yeux pétillants, des yeux qui semblaient lui asséner des vérités cachées depuis la fondation du monde. Hans lui répondit :

— Celle que je cherche est courageuse, peut-être même qu'elle aura voulu *le pire du pire* !

— Ahhh... tu as bien compris, l'homme, compris que le courage n'a rien à voir avec la vertu ! Décidément, tu me plais ! Alors éloigne-toi de la berge du fleuve... ne sens-tu pas qu'il y a encore ici un peu trop du parfum de Vie de l'autre rive ?

Ils s'éloignèrent, laissant le Styx le plus loin possible dans leur dos.

* * *

Ils étaient au cœur du territoire de la Bête, dans un *no man's land* immense, sordide et froid, d'où émergeait une foule d'âmes recroquevillées sur leur pierre et tremblant sous leur manteau de vase glaciale. Au-dessus était un ciel sans vie, qui se confondait avec le gris d'un horizon incertain... Là vraiment était le dépotoir des immondices de l'humanité.

Et puis après une longue marche qui les éloignait résolument du fleuve, les *tas d'hommes* se firent de plus en plus épars dans un univers de plus en plus désolé et glacial, toujours plus inquiétant...

Et surtout plus sombre.

Hans, bien que porté par son courage, sentait le désespoir qui habitait ces lieux ; un désespoir qui lui glaçait les os et retenait ses pas. Aussi, de temps en temps, il se retournait vers la Bête qui suivait nonchalamment, les mains croisées dans le dos, et il lui demandait alors :

— Elle est donc venue jusqu'ici ?

— Tu l'as dit toi-même, l'homme : le pire du pire !

— Il doit y avoir erreur, je suis sûr qu'elle ne voulait pas !

Alors la Bête fit un bond et se planta devant lui avec un sourire qui lui montrait toutes ses dents :

— Bien sûr qu'elle le voulait !

De plus en plus inquiet, Hans reprit sa marche, devenant blême d'imaginer ce que sa jeune et tendre amie avait dû endurer pour, à ce point, choisir de tels enfers, un silence si opaque, un air si glacial, et rejeter si loin la lumière. Aussi, de temps en temps, demandait-il encore :

— Mais elle n'a pas eu peur ? peur de vous ?

Cependant que, juste sous son menton, la Bête vint lui répondre sèchement :

— Tu te trompes sur moi l'homme, je te l'ai dit : elle est venue ici de son plein gré, seule, et parce qu'elle le voulait ! Mais quelque part, tu as raison : c'est la peur qui les arrête, c'est la peur qui stoppe leurs pas... mais pas la crainte de *me* trouver moi, non ! La terreur qui jaillit en eux, c'est de se découvrir tout d'un coup si loin de l'autre rivage, horrifiés qu'ils sont de voir que leur âme a pu les porter jusqu'ici. Alors, pétrifiés et incapables de revenir en arrière, ils s'asseyent sur une pierre, et se couvrent de boue en tremblant sur leur condition ! Et moi, je les effraye, je les griffe, je les mords... Parce que c'est mon jardin et j'entretiens ici la noirceur de leur âme. Tu vois, je ne fais que hurler dans la nuit, hurler leur désespoir... hurler ce qu'ils sont !

Hans frémit de toute son âme. Mais il marcha encore et encore comme il put ; le temps ne comptait plus, l'espace non plus, et les *monticules* se faisaient maintenant plus rares. De temps à autre, la Bête avait le bras tendu dans une direction, ou bien se contentait d'un petit signe du menton en disant fièrement : « *De toute façon, ne compte pas sur moi pour t'aider à la ramener !* »

* * *

103

Quand enfin, il retrouva sa Julia, elle était comme ces mille autres âmes : un tas de boue sous une lourde toile imbibée de glaise. Hans en avait soulevé tellement de ces manteaux, pour se trouver devant des âmes efflanquées, aux visages vidés de toute substance et méconnaissables. Il dut la dévisager longuement avant de pouvoir reconnaître son amie : elle aussi était transfigurée, elle avait un regard livide, les yeux exorbités, un visage de mort qui avait encore les traits tirés de la haine qui la rongeait toujours de l'intérieur. Mais c'était bien elle, c'était bien sa Julia adorée.

« *Non ! laissez-moi !* » cria aussitôt la chose sous la boue tout en essayant de griffer des ennemis imaginaires.

Mais elle avait une voix épuisée et sa tête retomba bien vite entre ses genoux. Sur ses épaules, elle n'avait qu'un léger haillon poisseux qui lui collait à la peau. Transie de froid, elle ne reconnut même pas Hans qui, les yeux déjà plein de larmes, s'agenouillait devant elle en déposant sur ses épaules ce qui lui restait de son veston : « *Tout va bien ma chérie, je vais te sortir de là.* ».

Alors, devant la Bête immobile qui ne semblait pas vraiment comprendre ce qui se passait, Hans souleva la jeune femme décharnée, aussi légère qu'une plume, et la prit dans ses bras, bien serrée contre lui.

Les yeux toujours fermés, celle-ci ne répondait pas, alors que de son côté, la Bête avait machinalement pris soin de secouer la lourde toile dorénavant inutile, de la plier, et de la reposer soigneusement sur la pierre :

— Peuh... de toute façon, ça servira très vite pour quelqu'un d'autre !

Chapitre V

La Bête

*Les rêves, les passions ou les
mythes peuvent-ils vraiment
changer la voie misérable des
hommes ?*

LE TRIO PRIT LE CHEMIN DU RETOUR, c'est-
à-dire, celui qui devait remonter le Styx et
ses torrents jusqu'à ses sources ; un chemin qui allait de nouveau s'enfoncer dans les
marais et leur bourbier sans fin, jusqu'à l'interminable descente le long du fleuve sur l'autre
rive... une voie des enfers qui, somme toute,
avait la pire des couleurs !

Hans portait sa Julia, recroquevillée tout
contre lui, et à ses côtés, d'un caractère
électrique, la Bête suivait sans cesser de
bougonner : « *Bah, tu n'y arriveras jamais,*

l'homme... Sois heureux d'être arrivé jusqu'ici, petit présomptueux qui espère encore quitter mon territoire comme ça ! ». Elle tapait du pied, battait les cailloux, une tête de caractère qui faisait la moue mais qui pouvait aussi se dandiner devant l'homme, dans l'espoir, sans doute, de capter son attention !

— Mais vous n'avez pas autre chose à faire ? lui lançait-il alors. À chacun de mes pas, vous en faites le triple, votre manège me fatigue !

Aussitôt, la Bête devenait sauvage, et de rage, s'élançait au loin pour aller torturer l'une ou l'autre de ses ouailles. Les horizons lugubres et silencieux du schéol se remplissaient alors des hurlements d'effroi de sa victime sous les puissants feulements du terrible fauve qu'elle était devenue. Mais très vite, les enfers retrouvaient leur calme et Hans pouvait de nouveau entendre derrière lui le talon léger de la Bête. Elle le suivait innocemment, les bras croisés dans le dos, avec de soudaines allures de fillette et un étrange sourire aux lèvres.

Au début, son comportement faisait rire le jeune Hans Jacob. Pour le moment, le chemin qui bordait le fleuve, était tranquille et plat, et s'il ne présentait pas de difficulté particulière, d'un autre côté, il était d'une monotonie sans fin. Cependant, cette Bête lunaire n'avait de cesse de lutiner le jeune homme qui commençait d'être à la peine avec sa charge ; et quand ce dernier haussait le ton, la mauvaise humeur de son hôte explosait : elle s'enfuyait alors jusqu'à l'horizon, en se transformant en un monstre qui, au hasard, s'en aller tourmenter les âmes damnées qui avaient le malheur de se trouver sur son chemin.

Encore très conscient de sa mission, Hans avançait lentement, modérait sa dépense de crainte de n'avoir plus assez de force pour franchir les passes les plus difficiles du chemin du retour avec son bagage dans les bras. L'aller avait été tellement difficile, comment fera-t-il avec son amie, impotente, qu'il devait tout le temps porter ? Comment fera-t-il aussi avec cette Bête qui le harcelait tel un moustique, mais sans manquer de révéler sa vraie nature ?

—Garde toi bien de faiblir, l'homme, je ne ferai alors qu'une bouchée de toi !

* * *

Ainsi, remontèrent-ils la rive du Styx jusqu'à ses rapides, et aux gros blocs de rochers que Hans avait oublié avoir franchi en bondissant de l'un à l'autre. Mais avec sa Julia dans les bras, il se retrouvait impuissant devant des à-pics de plusieurs mètres : en descendre avait été facile, les remonter lui semblait maintenant impossible sans de longs contournements pour franchir un à un ces obstacles.

La Bête n'aidait pas, évidemment, elle qui se dressait fièrement au-dessus de lui en riant

109

à pleines dents de ses insuffisances, voire aussi du raccourci qu'il n'avait pas vu !

—Les hommes deviennent-ils à ce point aveugles quand ils ont leur belle dans les bras ? Ne vois-tu pas un chemin tellement plus facile là-bas, entre les deux rochers ?

—Vous avez raison, je ne l'avais pas vu, répondait Hans avec une contrition hypocrite, merci de me l'avoir indiqué.

—Peuh ! c'est bien la dernière fois que je te montre un raccourci, vraiment, tu ne le mérites pas !

Sauf que la « *dernière fois* » avait l'étrange habitude de se répéter. Hans en profita astucieusement, néanmoins, il lui fallut une patience infinie pour franchir, en les contournant un à un, l'affreux dédale de rochers qui constituaient les chutes du fleuve des morts.

Dans ses bras, sa Julia était la plupart du temps endormie. Si elle devait se réveiller, elle se tendait aussitôt comme une corde et s'animait de gestes de révolte. Cependant, dès que ses yeux croisaient ceux de son Hans qui l'enveloppait de son regard le plus tendre, tous les traits de son visage évoquaient alors l'intensité de son désespoir : « *Non non, laissez-moi...* » disait-elle à son sauveur qu'elle ne reconnaissait pas, et elle retombait inconsciente.

La Bête considérait alors ce petit bout de femme avec dédain :

— Laisse-la donc ici, disait-elle avec son pessimisme si raffiné. Sans elle, tu y arriveras peut-être, mais avec elle, aucune chance !

— Pas question de capituler, bondissait Hans, je reviens avec elle ou je ne reviens pas.

La Bête s'étonnait de cet air énergique, et des traits résolus qui apparaissaient alors sur le visage de l'homme. En réponse, elle s'approchait en jouant de sa beauté toute gothique, sans doute destinée à faire trébucher la fierté de Hans :

— Alors je te garderai près de moi, l'homme, et ça n'est pas pour me déplaire.

Mais lui s'échappait avec violence de la main de la suborneuse qui s'avançait pour lui caresser la joue : « *N'y compte pas !* »

* * *

C'est ainsi que le trio parvint au cirque des sources du Styx. Ce plateau marécageux n'offrait aucune alternative de contournement : d'un côté étaient les rapides aux flots infranchissables, de l'autre, l'à-pic vertigineux des sommets du cirque.

Devant l'étendue du marais qui les attendait, Hans soupira un instant, mais il s'élança pour franchir les premières rivières par lesquelles il était passé à l'aller.

Souvent, il se retrouvait dans l'eau avec le terrible liquide noir jusqu'aux cuisses. C'est

111

avec peine qu'il soutenait sa Julia qu'il portait à bout de bras, tout en sentant ses forces quitter ses jambes : « *Bon sang, vous ne pourriez pas m'aider, non ?* » avait-il pour la Bête qui sautillait de rive en rive par bonds et larges enjambées.

—Certainement pas ! répondait-elle alors, sans même le regarder, je ne vais pas me mouiller pour toi et encore moins me salir de tes idées stupides.

Mais s'il advenait à Hans de perdre pied dans l'eau glacée, ou bien de chuter dans les boues du marais avec son fardeau, alors la Bête venait sans ménagement l'arracher à l'aspiration de la vase en lui assénant mille reproches :

—Quel maladroit !... Mais fais donc attention l'homme, ces eaux vont te prendre ton âme !

Et quand il fallait sauter par-dessus un obstacle, et que Hans la suppliait de l'aider, il recevait en retour : « *Tu te débrouilles, l'homme... moi je passe d'abord !* ». Sauf que, quelques secondes après, c'est la Bête qui se retournait vers lui et lui tendait sa main :

—Mais andouille, passe-la-moi donc au lieu de rester planté là comme un benêt ! Tu ne vois pas que tu n'y arriveras jamais avec elle dans les bras !

L'épuisante traversée des sources se fit donc sous les railleries, les réprimandes, les cris et les injures des uns... comme des autres :

— Bordel ! mais ça n'est pas la peine de m'accompagner si vous ne voulez pas m'aider, jurait l'homme.

— Il est hors de question de t'aider, l'homme, renvoyait la Bête, mais si je ne le fais pas, je devine que jusqu'au bout des enfers, je vais t'entendre couiner comme un goret qu'on égorge !

— C'est ça !... bien sûr ! Mais en attendant ce sont surtout vos railleries que nous rapporte l'écho !

— Normal, puisque ta caboche n'a toujours pas compris qu'il est inutile de compter sur mon aide !... Allez, passe-moi ta belle, tu vois bien que tu n'y arrives pas...

Quand ils parvinrent de l'autre côté, Hans n'en pouvait plus : couvert de boue, avec de la vase jusque dans ses narines, il se traînait sur le sol, maintenant meuble. Devant lui, la Bête portait sa Julia à sa place. Elle aussi se trouvait tout aussi envasée pour avoir été le chercher plus d'une fois dans une fange qu'ils avaient eu tous les trois jusqu'à la taille.

— Peuh... et ça a la prétention de revenir des enfers, disait-elle avec ce ton passablement ennuyé dont elle ne s'était point départie depuis le début. Maintenant l'homme, tu te lèves et tu prends ta copine ou je la laisse tomber devant toi.

* * *

Si le chemin qui s'offrait à eux maintenant devait être un rien plus facile, au travers de rochers ténébreux, d'herbes hautes, de roseaux tranchants, et de quelques échanges d'injures bien musclées de part et d'autre, il n'en était pas moins long. D'autant plus long que Hans était à bout de force. Ses pensées se dispersaient toujours davantage, et sur son visage, se lisait maintenant toute l'étendue de son épuisement intérieur.

Il progressait vaille que vaille, avec sa compagne dans les bras. Au contact de sa chaleur, celle-ci ouvrait plus souvent des yeux qui le reconnaissaient enfin : « *Hans... non...* » arrivait-elle à prononcer. Et si elle paraissait avoir meilleure mine, voire même de nouvelles couleurs ainsi qu'un ou deux sourires qui apparaissaient comme une étincelle sur son visage, ses moments de conscience restaient fugaces, et ses forces trop faibles pour se tenir sur ses jambes. Partant, hors de question d'avancer par elle-même.

Seulement, dans les bras de Hans, son précieux fardeau devenait toujours plus lourd : à chaque pas, il tirait toujours plus sur ses muscles, sur ses os, et pesait sur la volonté de son âme.

Hans était épuisé, manquait cruellement de force, mais aussi de discernement. Lui aussi pestait à l'encontre de la Bête, pour un oui, pour un non, pour un rien... Elle, toujours tellement alerte, caracolait à ses côtés en le regardant du coin de l'œil avec des airs de fausse ingénuité, mais sans jamais manquer de dégainer une remarque bien acide si l'occasion devait se présenter. Elle était partout à la fois, au point que Hans avait l'impression oppressante d'être accompagné par une armée de ces démons de cuir.

S'il devait déposer sa Julia contre un rocher, le temps de souffler un peu ou de se désaltérer à l'eau d'une mare, aussitôt la Bête le pressait en tapant du pied :

— Tu crois peut-être que je vais la porter ?

— Oh ! Ça va hein ! Vous ne voyez pas qu'elle est glacée ?

Et en regardant ses mains, il rajoutait : « *Et moi, je n'ai plus de chaleur !* »

Alors la Bête s'agenouillait aux côtés de la jeune femme, la prenait dans ses bras, contre elle toute serrée, jusqu'à lui redonner quelques couleurs. Elle regardait alors l'homme fixement, et dans ses yeux malicieux, brillaient des mots qui n'étaient pas encore dans sa bouche :

— Tu oublies que je suis chaude, l'homme, le brasier, c'est moi !

Mais un jour, alors qu'une nouvelle fois l'homme devait, haletant, s'adosser contre un rocher, il arriva qu'après maintes hésitations, la Bête se présenta à lui avec de l'eau au creux de ses mains. Plantée devant lui, ses yeux semblaient avoir baissé la garde, et pour la première fois, son visage avait abandonné sa malice pour se modeler de matières tendres. Un léger sourire passa même sur ses lèvres alors que Hans, dans un état bien vaseux, secouait la tête :

—Non... à elle ! fit-il en désignant sa Julia assise à deux pas.

La Bête restait plantée sans bouger et ne semblait pas comprendre la réaction de l'homme.

—Elle a soif autant que nous ! insistait-il sèchement.

Pour la première fois, la Bête lui offrait ce qu'elle avait de plus doux, pourquoi ce maroufle ne faisait-il pas un agréable usage de cet instant ? Son regard se couvrit immédiatement de nuées et ses lèvres de grimaces ! Elle redressa le menton et ouvrit ses mains pour lâcher l'eau à ses pieds.

—Lève-toi l'homme, dit-elle alors avec une voix qui mordait chaque mot, et prend ton bagage, faut qu'on avance !

* * *

La descente du fleuve fut affreusement longue. Constamment pressé par sa Bête, Hans suivait toujours plus péniblement. Il s'étonnait de constater que, si son courage avait quitté son cœur asséché par l'épreuve, il stationnait encore dans ses pieds : il marchait machinalement, dormait, marchait en dormant; une marche qui confinait à la manie et qui trahissait les pénibles et nécessaires efforts de son cerveau.

Mais s'il marchait, il chutait tout autant... des centaines, des milliers de chutes. C'est la Bête qui prenait alors silencieusement la femme dans ses bras, et continuait sans attendre. Lui —du moins ce qu'il restait de lui— , devait suivre en titubant et en se demandant seulement jusqu'à quand il pourrait tenir ainsi. Son séjour qui se prolongeait au royaume des morts, n'avait de cesse de lui ôter ses forces; son esprit perdait son acuité et son corps —du moins la représentation de son âme—, était près de se rompre. Il savait que viendrait le moment où il ne pourrait plus résister et qu'il abdiquerait!

Il sentait que la Bête n'attendait que ça pour le garder ici-bas; il le devinait, il le lisait sur ses sourires. En ces moments de lucidité, son orgueil se réveillait. Alors il se cramponnait à ce qu'il lui restait de fierté, et se forçait à suivre sans broncher le rythme effréné de sa partenaire, voire, avec une vaine arrogance, à lui imposer le sien... mais de moins en moins souvent.

Nonobstant, Hans se fanait, à l'instar d'une plante privée de sa racine.

* * *

Enfin, au détour d'un long méandre du fleuve, ils arrivèrent en vue du Carrousel qui serpentait dans les hauteurs comme un lumineux train de montagne.

Le Diable était là-bas, au milieu d'une large prairie qui s'étalait par-devant eux en remontant vers les coteaux. Il les attendait, comme un berger de montagne attendait le retour de ses brebis.

— Tiens reprend ta belle, chuchota la Bête, il ne faudrait pas qu'il ait l'illusion que j'aie pu t'aider !

Plus haut, toujours chapeauté, avec sa large cape et sa canne, le Diable faisait de grands signes : « *Hourra !... Si je m'attendais à ça ! clamait-il en descendant au travers des herbes.* »

Mais Hans n'en pouvait plus, il avait de plus en plus de peine à porter sa compagne, chaque pas devenait incertain, ses chevilles vrillaient. Et puis sa Julia, maintenant accrochée à son cou, qui tirait tellement sur ses bras... C'est le Diable qui arriva à temps pour la lui prendre, avant que lui ne s'effondre !

Même à terre l'homme n'arrivait plus à respirer. Sa poitrine se soulevait à un rythme effréné, mais sans arriver à rassasier son besoin d'air. C'est avec peine qu'il se mit d'abord à genoux avant que de s'asseoir dans l'herbe.

« *Unglaublich... incredibili...* » répétait le Diable en regardant son fragile fardeau avec admiration. Dans les bras de ce colosse, la jeune femme, recroquevillée comme un enfant, avait pour son hôte les grands yeux d'un ange,

et pour une fois, un petit sourire d'innocence...
un portrait qui avait tout pour faire fondre un
Lucifer un rien gêné. Il la déposa doucement à
terre comme il l'aurait fait d'un vase précieux,
puis, en se tournant vers sa Bête, se recomposa
aussitôt un visage qui faisait chorus avec sa
nature :

— Mais aide-moi donc... ordonna-t-il d'un
ton revêche. Et prend-lui une tunique propre
voyons, on ne va tout de même pas laisser une
de nos pensionnaires partir comme ça !

* * *

Le Diable avait déposé la jeune femme
au creux d'une large coquille de nacre. Avec
la Bête, ils la débarrassèrent de ce qu'elle
avait de haillons, et firent tomber sur elle
un rideau d'une pluie chaude et vaporeuse ;
c'était une douche cristalline qui, entre mille
vertus, possédait aussi celles de laver la jeune
femme de toute fatigue, ainsi que des souillures
extérieures autant qu'intérieures.

Tout en faisant office du garçon de douche —
avec serviette sur le bras—, le Diable observait
l'homme du coin de l'oeil, celui-là, qui, assis
plus loin dans les herbes, n'en pouvait vraiment
plus. Il se tenait le crâne et écarquillait les yeux
sans arriver pour autant à reprendre ses esprits !

— Tu sais que tu as gagné ton pari, l'homme ?
lui dit Satan, *Si, si, certo !* Et quel pari, c'est bien

la première fois !... Alors dis-moi ce que je peux faire pour toi avant que tu ne t'en ailles.

En guise de réponse, Hans tendit une main lourde vers sa Julia qui reprenait vie et couleur sous sa douche merveilleuse : « *Déjà, rester avec elle, et...* »

Mais Satan l'interrompit :

—No !... ça tu ne peux pas l'homme... regarde-toi : si tu restes une minute de plus ici, tu ne pourras jamais remonter dans le Carrousel.

—Mais... et elle ?

—Ne t'inquiètes pas pour elle, l'homme. *Ils* vont venir la chercher et je te garantis qu'elle sera tout à fait présentable. C'est que j'ai une réputation à tenir, moi. Alors dis-moi seulement ce que je peux faire pour honorer ce pari ?

Assis dans les herbes, Hans n'arrivait pas à détacher son regard de son amour. Cette jeune fille, totalement transformée, était devenue toute belle : sa peau avait la douceur des plus beaux albâtres et chaque membre de son corps, après les avoir vus tels ceux d'une momie, étaient maintenant d'une coulée très pure ; ses longs cheveux brillaient de mille éclats et les traits de son visage étaient maintenant d'une incroyable douceur. Les bras serrés contre sa poitrine, elle enfila la tunique blanche que lui présentaient les deux compères. Et quand, enfin, elle tourna son visage vers Hans, un visage déjà auréolé de brume étincelante, ses yeux pétillants de vie, posèrent sur l'homme leur plus joli sourire...

Il en fut chaviré.

Dans ses larmes, Hans la voyait maintenant qui parvenait à rire devant Satan en personne : aidé de sa Bête toujours bougonne, celui-ci s'efforçait du mieux possible de prendre soin de la jeune femme, de l'habiller, la coiffer, la parer d'or, de parfums et de fleurs...

Enfin, se disait Hans, le temps des souffrances était terminé, et quelles souffrances !... Quelles tortures les hommes avaient-ils osé faire subir à sa jolie perle ? Il ne pouvait retenir ses larmes, les larmes d'une âme chavirée dans un corps maintenant défait.

* * *

De son côté, la Bête aussi, observait les amoureux d'un œil sec et dédaigneux : cet homme, qui avait risqué son âme pour la tirer des enfers, qui avait affronté mille épreuves et épuisements pour ce brin de femme qui s'était pourtant, d'elle-même, promise aux limbes... Et elle, qui irradiait maintenant pour lui des ondes de tendresse et de douceur. Pourtant, la mécanique de l'amour lui échappait à un point tel, qu'elle ressentait un dégoût profond pour cette infâme romance, cette illogique forgerie.

— Alors, l'homme... insistait le Diable. Que choisis-tu ? Peut-être voudrais-tu que je te libère de tes cauchemars et de tes peurs ?... que je te débarrasse définitivement de ces visions qui pourrissent ton existence pour que tu deviennes enfin comme tout le monde ?

Mais Hans, la gorge coincée, n'arrivait plus à dire un mot. Le Diable ordonna alors à sa Bête : « *Non mais regarde ! Ça revient des enfers et ça ne peut plus se tenir debout ! Occupe-toi donc de lui !... Et puis tiens, qu'il écrive son vœu sur ce papier, son écriture vaudra mieux que son baragouinage !... Et puis qu'il file... il est plus que temps !* »

Suivant les ordres de son maître, la Bête remonta dans les herbes hautes, et se pencha vers Hans pour lui remettre le morceau de papier en lui murmurant :

— Il est temps de partir, l'homme !

Hans ouvrait difficilement les yeux sur ce bout de papier blanc : Satan venait de lui proposer la fin de ses cauchemars, la fin des visions qui polluaient son existence, en deux mots : une vie normale. Alors il griffonna rapidement quelques mots et tendit le billet à la Bête, qui le glissa derrière son cuir au creux de sa poitrine sans y jeter un seul regard. Par contre, c'est d'un geste bien viril, qu'elle arracha l'homme du sol dans le but d'entreprendre avec lui la remontée vers le Carrousel.

Sauf que Hans à peine debout, s'échappa des mains de la Bête : « *Attendez !* » dit-il alors qu'il descendait en titubant les quelques mètres qui le séparaient de sa Julia. Dans ses mains, il prit le visage de celle qui, dans sa coquille de nacre brillait dans ses plus beaux atours, et déposa un baiser sur ses lèvres...

Mais la Bête s'était précipitée ; elle avait attrapé l'homme dans le dos « *Non non non !* » et avec le Diable qui levait les bras au ciel, tous deux le fustigeaient vertement : « *Oh non ! Surtout pas ça ! va-t'en, mais va-t'en donc !* »

Et le voilà brutalement tiré en arrière et remonté avec force, abandonnant la jeune femme dont les yeux disaient tant de chose, comme si cette étincelle la ramenait un instant aux souvenirs du monde des vivants...

Cependant que, rudoyé par la Bête qui le tirait sans ménagement, Hans Jacob suivait avec peine. Constamment, il avait la tête tournée vers celle qu'il laissait à l'avenante compagnie d'un Diable enjoué et blagueur, qui finissait de lui prodiguer les derniers soins, et qui jouait pour elle quelques tours de magie nouvellement appris. Hans guettait encore un petit signe de sa part, un geste de la main, un regard...

Jusqu'à enfin, la voir faire pour lui un rassurant « *oui* » de la tête.

Il pouvait partir... Il soupira en baissant les yeux.

* * *

L'homme et la Bête montaient les pentes toujours plus raides qui menaient au Carrousel. Mais plus s'amenuisaient les silhouettes du Diable et de sa Julia, et plus Hans perdait ses forces : sans cesse, il chancelait, tombait sans arriver à suivre le rythme infernal imposé par la Bête qui ne le laissait pas reprendre son souffle. Même à terre et haletant, elle le tirait encore par le bras *« Non ne t'arrête pas ! »* et le traînait dans les herbes comme elle l'aurait fait d'un fagot de bois.

Cependant, il suffisait à l'homme de lever les yeux vers la montagne pour mesurer le chemin qu'il restait encore à parcourir, et surtout la pente à remonter... Son cœur lui disait être déserté par son sang, autant que son esprit l'était par le sang de la volonté : rien ne motivait plus l'ascension puisque son amour, le dernier frein à son abandon, allait définitivement partir. Un complet découragement prenait possession de lui et sonnait le glas de sa destinée.

— Je n'en peux plus... ça ne sert plus à rien ! lâchait-il entre deux souffles trop courts.

Qu'importe pour la Bête qui le tirait encore plus fort, le secouait, le poussait dans son dos, voire le ruait de coups quand il était à terre. Mais là, il n'arrivait plus à se relever : *« Laissez-moi... laissez-moi ! »* murmurait-il avec peine, ne sentant même plus ses ruades dans ses côtes.

Debout à ses côtés, celle-ci regarda un instant vers le fond de la vallée où une grande lumière était apparue, celles des envoyés du Paradis : une lumière blanche et resplendissante qui l'obligea un instant à se protéger les yeux et à détourner le regard. À ses pieds, gisait cet homme à demi conscient qui n'arrivait plus à se relever, mais qui, en découvrant le ciel des enfers pour une fois tout blanc, eut enfin un large sourire avant de totalement sombrer dans l'inconscient.

La Bête hésitait, se mordait les lèvres, portait son regard tantôt vers le Carrousel, tantôt vers la vallée où l'intense lumière avait cessé puisque la jeune Julia était partie. Elle parut même un moment vouloir se détourner de Hans, le laisser là... et fuir. Cependant, elle regarda encore ce bout d'homme —comme on regarde par-dessus un profond ravin—, ce sédiment de mortel qui avait tout fait pour cette fille parmi les milliards de ses pensionnaires, cette petite âme, à qui il avait tout donné : son corps de mortel, et maintenant son âme ! Cet homme allait revenir au Carrousel, avec... rien ! Ça la dépassait.

En ce moment de doute terrible, la Bête admettait ne rien connaître des moteurs de l'âme ; mieux, elle admettait volontiers que, chez elle, *a contrario* de chez cet homme, son action n'était pas toujours fécondée par la réflexion. Pourtant, elle sentait nettement en elle quelque chose d'indicible qui l'attachait à lui et l'empêchait de fuir ; elle se sentait en proie à des questions inhabituelles que ne calmait aucun cataplasme sur sa conscience : entre détestation, admiration ou envie, tout se mélangeait.

Finalement, elle posa un genou à terre, à côté de cet Hans qui s'enfonçait dans la terre noire, et elle l'enlaça pour lui relever le buste. Pour une fois, mais avec une maladroite indolence, elle l'amena tout contre elle, et en mimant les postures ainsi que les paroles qu'elle lui avait entendues dire à sa belle, à son tour elle lui glissa quelques mots d'encouragement : « *Je t'en prie, l'homme... s'il te plaît n'abandonne pas... je vais t'aider.* »

Mais en vain, rien n'y faisait.

Alors, de rage —et peut-être aussi de colère de confondre amabilité et passion—, elle le saisit par le col et...

Elle le gifla vigoureusement :

—Bordel de merde ! Pourquoi tu ne te réveilles pas ? criait-elle en lui assénant claque sur claque. Je ne sais pas comment, toi, tu as fait pour ton amie... mais il faut... que tu continues.

Hans, à demi sonné, répondait à peine entre chaque coup porté à son visage : « *Tant pis... non laissez-moi... j'ai fait... ce que je devais faire...* »

Mais non ! la Bête jurait, serrait des dents... et pour finir elle arracha l'homme à la terre, un bras sur son épaule et elle le serra fortement tout contre elle... le plus serré possible, corps contre corps, la joue glaciale de l'homme tout contre sa joue brûlante et, comme dans un tango, sa cuisse contre sa cuisse : « *Non... je ne te laisserai pas ici !* »

Mètre après mètre dans les herbes, puis sur des galets glissants ; un pas suivant l'autre qu'ils faisaient, serrés l'un contre l'autre, ils grimpèrent les dernières marches qui les séparaient du Carrousel. Lui, sentait sa chaleur ; elle, sentait la vacuité de son âme. Elle lui faisait don de son ardeur, c'était simple : il s'en abreuvait, ouvrait les yeux, et avançait.

* * *

Ils durent encore se protéger le visage, tellement le Carrousel irradiait sa puissante lumière et soufflait sur eux comme un ouragan ; c'était comme s'il se refusait à leur approche.

La Bête criait, faisait tout son possible pour pousser Hans à grimper la dernière marche :

—Monte l'homme... mais monte donc !

Devant eux, dans le flou des scènes du Carrousel striées par leur mouvement, était la sordide cave de la clinique du Schwartzberg, toujours éclairée : le docteur Gabriel était encore là...

Mais non : il avait revêtu son manteau d'hiver et sortait !

—Mais presse-toi l'homme, criait la Bête inquiète de voir défiler les terribles trames du vivant, et ses efforts réduits à néant.

Enfin, poussé dans le dos par la Bête et fouetté au visage par ce vent qui revigorait ses pensées, Hans réussit à attraper la rambarde ! Mais il se rendit compte qu'il était encore retenu par la main de cette femme en contrebas du Carrousel : tout d'un coup, elle prit son élan pour sauter près de lui, se serrer contre son torse et lui attraper le visage :

—Je t'aime bien l'homme, si tu étais resté, peut-être que, pour toi, j'aurai eu plaisir à devenir autre-chose.

Sans attendre, elle l'embrassa... maladroitement !... Peut-être comme elle l'avait vu faire. Un baiser qu'elle voulait donner... qu'elle voulait voler.

Pour la première fois, la Bête s'offrait à l'homme autrement que comme un exécrable compagnon de route. Hans était totalement pris de court, et pour la première fois aussi, il découvrait le visage de l'indocile parfaitement lisible : n'affichant aucune fausseté, un visage un peu sauvage, qui n'était pas féminin par la ruse, mais réellement plein de grâces. Et puisqu'il lui était aussi offert de poser ses yeux sur sa bouche —elle qui se mordait les lèvres— il la découvrait bien assez jolie pour la dire *désirable*.

Mais l'urgence sonnait : avant de lâcher à son tour la main de la Bête, Hans eut la présence d'esprit de lui demander d'une voix forte :

—Attendez ! Vous voyez le petit sablier là-bas sur l'armoire ?

La Bête se recula un peu, et pour bien voir, écarta de son visage ses cheveux emportés par le vent du Carrousel,...

—Le petit sablier ! Oui ! cria-t-il encore, il faut le faire tomber !

La Bête regarda attentivement, puis revint plonger ses yeux interrogateurs dans ceux de l'homme qui rajoutait :

—Sinon mon corps ne sera jamais réveillé et je resterai coincé ici !

Alors elle recula...

Lentement et sans répondre quoi que ce soit, elle se laissa descendre dans le vent du Carrousel. Dans ses grands yeux ouverts, défilaient mille pensées nouvelles. Elle se laissait descendre, jusqu'à lâcher la main de l'homme qui répétait encore et suppliait dans la tornade qui couvrait sa voix : « *S'il vous plaît, le sablier, je vous en prie...* »

* * *

Dans l'humidité d'une cave oubliée des sous-sols de la Clinique du Schwartzberg, le docteur Gabriel ruminait un cuisant échec, un de plus, un parmi tant d'autres.

Il avait placé tellement d'espoirs dans cette *expérience* avec ce Hans Jacob sorti d'on ne sait où. Il avait espéré pouvoir chasser de son esprit tellement de mauvais rêves, tellement de honte envers lui-même. Il espérait surtout se soustraire à quelques marches de l'enfer, et d'ici-là, se regarder dans cette minable glace aux bords rouillés sans se dire comme à chaque fois : « *de toutes façons, tu n'es qu'un pauvre type !* »

Pour lui, le temps de pouvoir faire autre chose de sa vie, le temps des projets et des rêves, en un mot : le temps de l'espoir et de la jeunesse, était fini et enterré dans la fosse commune de ses échecs, de ses bassesses et de ses lâchetés. Depuis longtemps, déjà, il ne se supportait plus, il n'arrivait plus à endurer ces images du passé, ces flashes qui surgissaient en lui à chaque fois qu'il posait son regard sur un objet, un lieu, une porte, un enfant...

Des souvenirs qui ne faisaient que répéter combien il était un *sale con*.

Au début —et en échange de ses morbides services—, le régime avait fait de lui quelqu'un d'*honorable*, du moins dans les apparences et les avantages. Mais que lui importait d'être quelqu'un de bien selon des principes caducs et une morale de canapé d'apparatchik ? Alors il avait accepté de détruire l'édifice de sa carrière, et de sa personne, peut-être dans l'espoir quelque peu présomptueux de le rebâtir.

Mais, seul... à son âge...

Et puis était arrivé ce Hans Jacob et son *crédit* avec l'au-delà : c'était la perspective de pou-

voir se regarder dans le miroir avec une extraordinaire aventure à se raconter ; c'était l'espoir
de s'endormir avec de jolis rêves autour des his-
toires que cet homme aurait pu lui rapporter...
Si ce héros était revenu, s'il s'était relevé, le docteur Gabriel en aurait été le partenaire, l'asso-
cié... l'acteur !

Il aurait goûté au Graal.

Mais devant lui, il n'avait plus qu'un mort,
un macchabée déjà froid et dont la peau se moi-
rait des marques des cadavres... marques qu'il
connaissait si bien : la mort, il savait la reconnaître, c'était même sa maîtresse : il l'avait tellement de fois offerte à coucher avec ses propres
victimes !

* * *

Ça faisait pas loin d'une heure que tous
les signes vitaux de Hans Jacob —même les
plus infimes—, s'étaient éteints. Jamais, de
mémoire d'anesthésiste, quelqu'un n'avait
pu être ranimé après autant de temps en arrêt
cardiaque. Hans lui avait commandé d'attendre,
encore et encore, mais le docteur Gabriel devait
s'y résoudre : il n'avait devant lui qu'un cadavre
de plus sur l'autel de ses espoirs imbéciles.

Sur l'acier du vieux meuble à dossier, le sablier trônait, désespérément immobile.

« *Quelle bêtise !* » marmonnait Gabriel tout
en enfilant sa lourde veste d'hiver. Quelle bêtise, en effet, de croire que les rêves, les passions

131

ou les mythes pourraient changer la voie misérable des hommes.

Comme il ne voulut pas que ces nouvelles images vinssent grossir encore plus les rangs de ses propres ratés, il détourna ses yeux, et encore plus voûté qu'à son habitude, il dirigea ses pas vers la sortie.

Il soupira : après cette porte, après le couloir sombre des caves de la clinique, il retrouverait une vie remplie des attaques de ses péchés, et des contre-attaques de ses remords ; un combat qui allait le tuer, il le savait déjà.

Au même moment, une jolie main de femme était venue tout doucement danser et poser un doigt long et fin sur le sablier. Une main hésitante mais qui délicieusement, et sans faire le moindre bruit, renversa l'objet sur sa tranche.

Le docteur Gabriel prenait la porte...

* * *

Étrangement, le même doigt, faisait rouler le petit cylindre de verre, en avant, en arrière, comme s'il ne savait pas quoi en faire...

Le docteur éteignait la lumière...

Puis très délicatement, le doigt poussa sur le sablier, ou bien ce fût ce dernier qui lui échappa, pour s'en aller rouler lentement sur le zinc... rouler encore et encore, doucement vers le bord du vieux meuble à dossiers.

Cependant, le docteur Gabriel refermait derrière lui. Il se disait qu'il ne reviendrait que demain. D'ici là, personne n'aura risqué de venir se perdre dans les couloirs du sous-sol, et encore moins pour entrer dans cette pièce maintenant fermée à clé... Et puis même si par hasard, quelqu'un devait passer devant la porte, cette momie morte était tellement froide, que jamais aucun bruit ne sortirait de cette pièce !

« Aucun bruit... »

Ces souterrains étaient autant chargés d'humidité poisseuse que de silence, se disait le docteur Gabriel.

« Bruit... »

Mais alors qu'il fermait la porte derrière lui et qu'il avait encore la main sur la vieille poignée ronde en bois poli, son oreille rejoua justement ce tout petit bruit qu'elle avait perçu une seconde auparavant : un tout petit son étrange et incongru qu'elle rejoua encore... et encore...

Un petit bruit de verre qui se brise !

* * *

En trombe, le docteur Gabriel rouvrit la porte !

Chapitre VI

Le pari

Au burin sur les frontons,
À coup de poing sur les fronts :
Vous ne savez rien de vous, que
nous ne le savons déjà tellement
mieux !

DANS LES MURS des *"Renseignements Spéciaux"*, un homme est menotté, assis les mains dans le dos, devant le fonctionnaire du premier bureau, ce dernier bien agacé de devoir farfouiller dans les fiches de ses tiroirs à dossiers. Agacé, fâché même, que le système, pourtant si fiable, devait, juste pour lui, achopper sur un détail administratif.

—Mais je ne vous trouve pas... je ne vous connais pas, c'est quoi ce bordel ?

C'est toujours ce type boutonneux, acide jusque dans sa peau, et énervé pour un rien... Non ! pas pour « *un rien* » : aujourd'hui, c'est bien le défaut des indispensables documents administratifs qui nourrit sa colère.

—Vous n'avez aucune fiche ! C'est pas possible !

Dans de telles situations, c'est toujours de la faute exclusive de l'individu et certainement pas celle de l'administration, puisque —et on ne le répétera jamais assez—, cette dernière a été créée pour compenser les faiblesses du premier.

Pourtant, quelle amère désillusion, de constater un tel manque de coopération, un tel manque d'éducation de la part d'une humanité frivole qui n'a toujours pas compris que tout ça « *c'est pour son bien !* » Et que c'est bien un effet de sa frivolité si la coercition administrative doit sans cesse resserrer sa pression et traquer les comportements déviants.

—Encore une combine de votre part pour saper notre administration, vous et votre clique de saboteurs !

C'est la fin de sa journée. Des interrogatoires, ce fonctionnaire en a déjà fait passer quelques-uns depuis le matin ; des interrogatoires musclés pour débusquer les comportements déviants, mais surtout les idées déviantes puisque dans un souci d'économie et d'efficacité, le système s'attaque d'abord à l'idée, en préalable du comportement! Alors naturellement, celui-là qui lui arrive maintenant *hors programme*, doit bien s'attendre à recevoir tout le passif d'amertume accumulé depuis lors, tout le produit de sa méchanceté, claquemurée depuis l'aube entre ses murs jaunes, et la somme de ses propres bassesses.

—Quelle administration! Si je n'ai rien sur vous, comment vais-je savoir où vous en êtes?...

Par définition, la fiche de renseignement administrative, est seule en mesure de tout dire de l'individu : tout de ses mouvements, de ses pratiques, de ses fréquentations et surtout, tout de ses idées, qu'il ignore lui-même! Et puisque les hommes sont génétiquement bons et égaux, puisqu'il n'y en a ni de médiocres ni de géniaux, ne restent que leurs idées, bonnes ou mauvaises pour distinguer les droits, des criminels. Mais voilà! *l'Idée* étant juge et partie, personne ne peut se considérer criminel aussi longtemps qu'il le considère de ses propres yeux! *In fine*, c'est bien cette sainte fiche qui le dira! Voilà en quelques lignes la terrible dialectique à l'œuvre dans ces administrations, lignes qu'on aurait pu graver au burin au fronton de ces régimes...

Et à coup de poing au front des citoyens!

Seulement, le pauvre fonctionnaire ne trouve rien! Il faut changer alors de paradigme et extirper les idées secrètes de son individu —celles qu'il ignore—. Les bonnes vieilles méthodes étant les meilleurs, le fonctionnaire entreprend de gifler son homme, pour une fois un peu plus tôt que d'habitude :

—Bon, mon gaillard, tu vas déjà tout me dire ! peut-on entendre depuis le couloir.

Suivent le chant des claques —avec une main gantée parce que sinon ça lui fait mal aux phalanges—, et le fonctionnaire s'essaye même aux poings et aux coups de pied, en prenant soin, pour ça, de caler son dos contre son meuble à dossiers... comme d'habitude.

—Ton nom, prénom, ton adresse, tes voisins... Tout ! Et mon salaud, tu n'as pas intérêt à te tromper.

Suit aussi l'éternel chapelet de tutoiements et d'injures : l'homme ordinaire est tellement sensible à la violence des injures, on peut d'ailleurs se demander si la société sanctionne réellement l'injure pour l'équilibre social de ses membres, ou bien pour en réserver l'usage à ses propres services ?... « *Salopard !* », est-ce vraiment une injure ou bien une arme de catégorie réservée aux seuls fonctionnaires de police ?

* * *

Mais l'heure passe... Passent aussi, mais sans succès, les insultes apprises par cœur et rapidement crachées avec les postillons d'usage. Le fonctionnaire insiste, au point que l'homme se retrouve à terre... décidément un peu plus tôt que d'habitude.

Mais celui-là, qui est toujours engoncé dans sa chaise, ne se résout qu'à une seule réponse, qu'il prononce comme si les coups accumulés depuis ces longues minutes n'avaient sur lui aucun effet : « *Encore... je sais que tu aimes bien ça !* »

C'est le Diable... pour qui le sait ! Parce que pour le fonctionnaire, ça ne reste qu'un insolent qu'il se doit de frapper... encore !

—Ah ! Tu en veux... Pas de problème mon salaud, après ma journée de merde, je peux te donner tout ce que tu souhaites !

Mais le Diable continue d'une voix calme : « *Oui ! Et tu pourrais tellement plus... Je te connais si bien !* »

Après un court instant d'hésitation, l'autre se remet à cogner, d'autant plus fort qu'il a pour lui le grave prétexte de l'insolence :

—Ah vraiment ? Si c'était le cas, tu ne rirais pas comme ça !

Mais devant le sourire de son client, le fonctionnaire revient un instant à son bureau, et de l'un de ses tiroirs, en sort une lourde matraque dont il se languissait jusqu'alors d'en faire usage. Et le voilà qu'il frappe toujours plus fort, sur le front, les côtes, les jambes, et les épaules de l'homme à terre ; des coups de matraque suivis de coups de pied de ses lourdes chaussures balancées comme le ferait un footballeur !

Mais sur le sol, l'homme ne bronche toujours pas... à peine un : « *Oh ! mais il a des chaussures armées... le petit coquin !* »

Exténué, le fonctionnaire se prépare en dernier ressort à lui envoyer son pied en plein visage, mais... se retient ! Au dernier moment, il doit renoncer...

Comme d'habitude hélas !

En nage, et vaincu par sa propre sueur, il se retourne vers son bureau en renouant sa cravate, la seule chose encore qui lui garantit un minimum de dignité. Mais dans son dos, le diable continue sur le même ton grave et lent, une voix qui imprègne toute la petite pièce :

— Ahhh, sur le visage tu ne peux pas, c'est ça ? Ça te démange, hein ? Tes chefs, ils peuvent, mais pas toi ! Et ça fait des années que tu attends ici une promotion qui ne vient pas, pour pouvoir enfin enfoncer ta bottine armée dans la gueule de tes clients et leur faire péter les incisives !... Petit vicieux !

Quand le fonctionnaire se retourne, rouge de rage, et pour une fois, prêt à transiger avec ses quelques principes de retenue, il se trouve face à face avec son homme : debout, là, juste devant lui... Cet homme grand et imposant, dont les menottes sont posées sur la table ; cet homme incroyablement distingué qui a retrouvé son chapeau, sa cape, et déjà, l'un après l'autre, enfile ses gants blancs en sifflotant.

* * *

Quelques instants plus tard, le Diable est seul à sortir du premier bureau. Passablement satisfait de lui, il chantonne en s'éloignant dans les couloirs. Derrière la porte encore ouverte, il y a le fonctionnaire, inerte sur sa chaise, bras ballants et les yeux sortis de leurs orbites... Il a aussi une jambe complètement retournée vers son visage, et dont le pied lui est profondément enfoncé dans la bouche béante en sang.

Qu'à cela ne tienne, Satan se prend à quelques pas de danse dans les couloirs étroits, et avec une voix de stentor amplifiée par l'écho :

Please allow me to introduce myself
I'm a man of wealth and taste
I've been around for a long, long years
Stole million man's soul an faith [1]

Au point qu'au seuil du hall, deux gardes armés l'arrêtent et le mettent en joue :

—Halte... Dites donc vous ...

—Oh... fait le Diable effarouché en levant les mains comme deux marionnettes.

—C'est vous qui chantez comme ça ?

—Ah... oui je sais que c'est plutôt destiné à une voix d'alto, mais je me suis dit qu'en ténor...

Mais le garde le coupe aussitôt en venant pointer le canon de son fusil sous son menton :

---

1. Sympathy for the Devil. *Mick Jagger, 1968*

—Mais qui êtes-vous ? qu'est-ce que vous faites ici ?

—Eh bien, on me demande au bureau 44, répond simplement le Diable.

—Et pourquoi on vous envoie au 44 ? demande encore le garde avec un surcroît de méfiance devant cet individu bizarrement habillé.

—Mais–pour–qu'on–me–torture, voyons !

Après une seconde à examiner ce fou, le garde lui fait un signe de la tête :

—C'est par là... suivez-moi !

—Bien sûr ! répond mielleusement le Diable, tout en baissant une main, et en posant délicatement un doigt sur l'épaule de celui qui le précède.

Aussitôt, le soldat s'arrête, se plie en deux comme pris d'une violente convulsion, une tétanie de tous ses muscles et un spasme de tous ses organes et sphincters. De plus en plus courbé sur lui-même, il semble prêt d'exploser ! Et d'un seul coup, ce sont des litres de liquides mêlés de sang qui viennent jaillir par tous ses orifices : yeux, oreilles, bouche... une bombe qui explose en plein couloir jusqu'à presque totalement peindre en rouge le second soldat posté devant lui.

Longtemps immobile, avec le sang de son ami qui lui coule encore sur le visage, ce dernier ne peut détacher son regard de la loque de son camarade à terre, encore animée de quelques spasmes. Derrière, dans le couloir obscur, parce que même l'ampoule du plafond s'est vue totalement recouverte de ce voile rouge, il y a cette imposante silhouette au grand chapeau, au visage sombre avec deux yeux brillants qui s'en détachent comme des flammes...

Un être assurément démoniaque...

Le jeune garçon, totalement paralysé par la peur, arrive tout juste à déposer son arme à ses pieds, tout en levant une main et en balbutiant « *Pitié...* »

—Tiens... répond le Diable en se penchant vers lui, c'est donc toi, maintenant, qui prononces ce mot? Tu l'as tant de fois entendu dans ces couloirs, n'est-ce pas? Certains le disaient même à ton bras, te suppliaient. Ce mot, tu l'as entendu murmuré, crié, hurlé dans la douleur... Et qu'as-tu fait alors?

—Je... j'obéissais aux ordres, arrive à peine à prononcer le jeune homme en baissant le regard.

Aussitôt, et dans un mouvement de colère, le Diable redresse son immense stature, balance sa cape en arrière, et d'une voix comme la foudre :

—Ah! décidément! tu aurais pu me dire bien des choses, mais pas ça!... pas les mots d'une machine, d'un pantin dont on tire les ficelles!

Cependant que devant lui, le jeune soldat affronte la tempête, plié sur lui-même, au bord des larmes, Satan se penche une nouvelle fois vers lui, et rajoute avec un peu plus de commisération :

—Parce que si tu renonces à ton humanité mon garçon, si tu la piétines et la jettes ainsi au loin, comment veux-tu que je te voie autrement que comme une chose sans intérêt ? un bout de viande au bout d'une arme ?

—Je... je devais obéir à mes chefs... continue le gamin entre deux sanglots et sans toujours quitter du regard le tas de chair qui a fini de vibrer à ses pieds.

Baissant à son tour les yeux, puis soupirant d'un profond dépit, le Diable ajuste lentement ses gants.

—Apprends, petit, qu'il faut toujours savoir pour qui tu bosses... « *Qui est ton maître ?* » telle est la question. En l'occurrence, ici, c'est moi ! C'est pour moi et pour nul autre que tu travailles ici, et tu aurais dû le deviner, n'est-ce pas ? Tous ces massacres, tout ce sang, tu aurais dû te douter que tu œuvrais pour le Diable, non ?...

Décidément, le gamin ne dit toujours rien... Satan soupire une dernière fois :

—Alors dommage pour toi, mais ce sont les risques du métier que tu as choisi.

* * *

Le bureau 44 n'est pas si loin... pas si loin de ce couloir, repeint du rouge garance de deux

144

cadavres. En rentrant dans le bureau, Satan chante encore comme si rien ne s'était passé :

And I was 'round when Jesus Christ
Had his moment of doubt and pain
Made damn sure that Pilate
Washed his hands and sealed his fate

Mais devant lui, c'est le silence, ainsi que la surprise : une grande pièce bien vide, aux murs tapissés de machines, avec juste une chaise qui trône au centre, et un bureau qui lui fait face, large comme un hôtel. Derrière la longue table, trois fonctionnaires en grand uniforme le dévisagent avec mépris :

— Ben alors, vous rentrez comme ça et sans prévenir ? demande-t-on au Diable.

— Euh... prévenir, il ne me semblait pas, mais...

Cependant, du haut de leur superbe, les trois officiers se voient déjà outrés par cet irrespect clownesque aux valeurs qu'ils représentent. Les questions fusent aussitôt de toute part :

« C'est quoi cet accoutrement ? »
« Et où sont vos menottes ? »
« Quel bureau vous envoie ? »
« Mais d'où sortez-vous bon sang ! »

— Mais euh... d'ici même, finit par répondre le Diable avant de rajouter : *« Bon, ne bougez pas, messieurs, je vais arranger tout ça ! »*

Et il sort, laissant les militaires se regarder l'un et l'autre, puis se replonger dans leurs dossiers tout en se congratulant mutuellement pour leur engagement d'arrière-garde.

Quand on frappe de nouveau à la porte, et après un sonore « *Entrez !* », le Diable refait son apparition : cette fois-ci menotté, en simple chemise déjà déchirée et dont on a découpé le col ; avec les cheveux en bataille et accompagné d'un garde armé qui, visiblement, ne sait pas trop où il en est.

— Ah ! enfin... font les officiers maintenant satisfaits.

— Je m'assieds ? demande le Diable.

— Je vous en prie, lui répond-on, puisque nous allons partager ces moments, prenez déjà une chaise !...

Satan s'assied en murmurant : « *Certes, puisqu'avec vous, il est difficile de partager autre-chose que des chaises !* »

— Plaît-il ?

Mais le Diable lève la main en s'excusant de son babillage. Ses hôtes reprennent :

— Et puis approchez-vous, que nous fassions déjà connaissance.

Et les voilà qui se penchent pour fouiller dans leur précieuse paperasse, tout en essuyant leurs lunettes d'écaille : « *Bon, alors il est où le dossier de ce monsieur ?* »

À trois, ils se mettent à soulever chaque dossier, ouvrent les classeurs et épluchent chaque fiche qu'ils en extraient : « *Non, ça n'est pas ça !* ». Alors très vite, ils maudissent leurs collègues, leur administration et leur pays qui, décidément, ne s'en sortira jamais tant que régnera une pareille négligence bureaucratique. Seul devant le trio, le Diable se fend d'un sourire : ces trois-là ont chassé la Pythie de leur temple du renseignement et ne voient même pas l'évidence !

Las, l'un des militaires finit par s'énerver :

— Mais je n'ai rien sur vous ! je ne trouve même pas votre dossier, elle est où votre tête là-dedans ?

— La voilà !

* * *

Lourdement, le Diable a posé une tête sur le bureau... sa propre tête, déjà bleue, à la langue pendante et dont un sang épais se répand sur la paperasse. Les militaires, brusquement saisis d'effroi, en restent paralysés. Devant leurs yeux, ils découvrent le diable qui a échangé sa tête manquante avec celle de son garde ; d'ailleurs, en se tournant vers le buste décapité de ce dernier, on en voit encore gicler les derniers jets de sang !

Et puis soudainement, la tête sur le bureau s'anime et leur dit :

— Oh ! pardon, je me trompe tout le temps...

Et voilà la main du Diable qui reprend sa tête par les cheveux, et entreprend de l'échanger avec celle du garde ; repose cette dernière sur son propriétaire légitime, et vient visser la sienne sur son buste... un monstrueux jeu de main jusqu'à ce que s'écroule lourdement le corps du soldat.

La chute est lourde et sonore. Après la roulade de la tête plusieurs mètres plus loin, le silence est pesant. Devant Satan, il y a trois paires d'yeux totalement exorbités.

—Je vous en prie, messieurs, supplie le Diable avec émollience, ne me dites pas que la vue d'un cadavre vous effraie, voyons !

Son visage exprime la patience, sa voix est chaude et rassurante. Les trois colonels, tellement habitués à faire fi de la réalité, s'accommodent immédiatement des paroles anesthésiantes de Satan. De leurs benoîtes et idiotes figures à la peau mal soignée, les voilà qui répondent :

—C'est-à-dire que d'habitude... fait un premier, après avoir ravalé sa salive.

—C'est plutôt nous qui... continue un deuxième.

—Et pas ici en tout cas... s'offusque le troisième !

Satan hausse les sourcils et termine : « *C'est que celui-là nous servira de garde-manger.* »

—De... garde-manger ?

Mais au même moment, s'entrouvre de nouveau la porte du 44. Apparaît le visage de la Bête « *Je peux ?* » et qui s'éclaire d'un large sourire une fois qu'elle découvre tous les outils de torture qui tapissent ses murs. Sans attendre l'invitation, elle s'élance :

—Oh Maître ! regardez-moi ça, toutes ces merveilles !

Tous la suivent du regard, qui gambade telle une fillette dans un jardin de fleurs, sous les yeux attendris de Satan qui se retourne en grimaçant de devoir si vite malmener ses cervicales nouvellement recollées.

—Oh ! et ce crochet, comme il est si bien étudié, piaille-t-elle encore, on vous le plante dans la mâchoire et le palais, et vous y restez accroché suspendu pendant des heures sans crever ! Et ça !... On le pose autour du crâne comme ça, on serre ici avec la manivelle, alors voilà tous ces petits picots qui s'enfoncent dans l'os et... *plop* ! Voilà la cervelle à nu !... Et vous savez quoi Maître ? C'est lui qui a inventé ce truc... Je l'adore, mon inventeur de génie !

Passant derrière le bureau, elle dépose l'appareil infernal devant son inventeur de colonel, qu'elle gratifie d'un baiser sur le crâne aux trois-quarts chauve. Les trois officiers sont pétrifiés : ça va trop vite pour eux...

Trop vite et bien trop loin dans l'inimaginable, alors que Satan suit sa Bête d'un regard un peu las.

Cependant que, toujours aussi cocotte et frivole, celle-ci poursuit son tour de table au sautillant, avec une caresse et un petit mot pour
chacun des militaires : « *Toi, tu es un petit coquin !... Ah ! et lui, c'est mon favori !* »... jusqu'à
trébucher sur le corps décapité du gardien :

— Oh ! mais, il y en a même par terre ?

Le Diable, qui jusqu'à présent attendait avec
ses deux mains appuyées sur ses cuisses, inter-
vient avec agacement :

— C'est not' bouffe, touche pas la Bête !

— Quel beau morceau ! ça me donne faim, il
y a quoi d'autre, dites Maître ?

« *Ora vattene* [2] *!...* » lâche-t-il enfin, pour aussitôt s'excuser auprès de ses hôtes sidérés. Puis
il sort de sa poche un petit bout de papier qu'il
tend à sa Bête :

— Tiens, au lieu de jouer, bosse un peu et
occupe-toi de ça !

Cette dernière vient se pencher pour lire :

— C'est quoi qu'il a écrit le Hans : « *Madame... Godberg* » ?

— Oui, c'est celle qui découpe des lambeaux
de peau sur ses victimes pour les donner à manger à ses chiens !

Et se tournant vers les colonels, il demande :

— Godberg... Godberg, voyons, c'est au dernier étage n'est ce pas ?

---

2. Allez, va-t'en !

Ces derniers finissent par acquiescer quelques « *oui* » chevrotants.

—Oh, génial ! applaudit la Bête, je peux dites ?

—Mais bien sûr, ma petite ! Et je suis même heureux de te revoir enfin avec de l'appétit. Parce que tu m'inquiétais, depuis le départ de cet homme je te trouvais fade et...

Il interrompt son soliloque en s'apercevant qu'elle est déjà sortie ! De nouveau, le Diable s'excuse avec contrition auprès des officiers, se lève et crie par la porte :

—Eh !... passe donc d'abord prendre les chiens !

—Ah zut, c'est que je les ai déjà bouffés, moi ! peut-on entendre du fond du couloir. Mais tant pis, je la mangerai moi-même !

Pendant un instant, le Maître reste sur le pas de la porte, à suivre du regard sa fidèle assistante, vêtue de son habituel cuir, et qui s'éloigne en sautillant gaiement par-dessus les quelques cadavres qui jonchent le sol du couloir.

Enfin, une fois revenu sur sa chaise, il se confie aux officiers : « *Quelle fille hein ! Et quelle classe !* » Et pour eux qui ont encore du mal à sourire, il poursuit en levant le petit doigt :

—Et quelle ligne, vous avez vu ? Comme ça elle est... comme ça ! Et pourtant elle bouffe, mais elle bouffe !

Les officiers, paralysés dans leurs chaises, affichent trois visages défaits, blêmes, voire

désertés de toute hémoglobine, d'autant qu'au-
dehors, ce sont des hurlements d'horreur qui
se font entendre : les cris des gardiens, et les
grognements de la Bête qui résonnent dans les
couloirs avec le fracas des os de ceux qui sont
violemment projetés sur les murs.

L'un des colonels, le moins tétanisé par les
échos de cette horreur sèche, essaye quand
même un : « *Mais qui êtes-vous ?* »

* * *

Alors, dans le calme revenu de la pièce, le
Diable vient croiser ses pieds sur la table et com-
mence par allumer un cigare. Enfin, il déclare
dans un premier nuage de fumée :

— Je suis celui que vous avez fait... que vous
avez fabriqué pendant toutes ces années. Je suis
votre fils, le fils de votre *Verbe* à vous : ce que
vous avez dit, fait et ordonné, et bien c'est moi,
et quelque part, vous êtes mon père.

— Foutaises, tout ça c'est de la mascarade !
clame un des colonels qui se précipite au
mur pour enfoncer son poing sur le signal
d'alarme...

L'alarme reste muette.

Dans le même temps, un autre fouille fébri-
lement dans un tiroir et en sort un revolver qu'il
pointe sur le Diable occupé à tirer de nouvelles
bouffées de son cigare.

« *Tire, mais tire donc !...* » lui commandent ses
collègues. Mais après que la pièce eut résonné

des détonations qui eurent vite fait de vider le barillet, derrière le nuage des fumées âcres de la poudre, le Diable est toujours là, tout juste gêné de devoir démêler dans ses narines l'odeur du tabac de celle de la poudre.

Du dehors, arrivent maintenant les cris suppliants de madame Godberg accompagnés des assauts féroces d'un animal qui visiblement, n'est pas de ses chiens.

Un troisième colonel tombe alors à genoux, et en murmurant, se met à prier.

—Inutile de l'appeler, lui conseille le Diable : tu as fait la bêtise de le chasser d'ici... Toi-même, tu l'as prié, tu l'as supplié pour qu'il s'en aille et ne te regarde plus. Alors maintenant, ici c'est chez moi.

Depuis les couloirs, arrivent encore plus de hurlements d'agonie, noyés dans le fracas des mâchoires d'un animal.

—Ah... la Bête reste la bête ! dit doucement le Diable en se tournant vers la porte, mais votre tour va venir mes agneaux, bientôt, vous aurez affaire à elle !

—Mais mais... vous n'avez pas le droit ! proteste timidement *l'inventeur*.

—Mais voyons, JE suis le droit, puisque le droit est le fils aîné de la violence. Il a été le vôtre jusqu'à maintenant, il vous a permis tous ces crimes, comme de bouffer la cervelle d'autrui n'est-ce pas mon bonhomme ?

En face de lui, le colonel —mis à nu—, balbutie :

—Voyons, nous sommes des gens raisonnables... Vous vous doutez que c'était une idée... pas du réel

—Bien sûr! l'horreur comme un absolu inaccessible, mais qui donne un blanc-seing à votre petite violence ordinaire, n'est-ce pas? Vous vous dites « *des gens raisonnables!* » hypocrites que vous êtes : vous avez du sang jusqu'aux genoux. Alors passez-moi votre prétendue *raison* : elle court derrière vos crimes, ce sont eux qui mènent la danse chez vous et qui vous ont déjà jugés.

Cependant, le colonel agenouillé qui s'était mis à la prière, pleure encore ses lamentations :

—Non non, je regrette... Il reste toujours un espoir, je sais que jusqu'à la dernière seconde, il reste un espoir!

Mais le Diable, dans un élan de colère, s'élance jusqu'au-dessus de lui, et sa voix se fait cathédrale :

—Foutaises que cela! Ta dernière seconde n'est que celle de ta misérable carcasse —et c'est peu de chose—, mais pas de ton âme : celle-là qui ne meurt pas et qui a déjà fait son choix, qui a fait allégeance à son maître, votre maître à tous!

Puis en se rasseyant : « *Et c'est moi!* »

Dans le silence de mort qui suit, une petite voix essaye en traînant sur les mots :

—Mais... mais en fait, qui êtes-vous ?

Alors d'un seul coup, toutes les portes et les fenêtres claquent ! En un seul mouvement la pièce se ferme dans le noir total et un silence absolu... Seule, vient craquer une allumette et Satan qui allume la petite bougie de la table :

—Décidément, vous n'avez encore rien compris : je suis le Diable... votre enfant... votre pêché qui s'est fait chair et qui vient habiter parmi vous !

* * *

Les trois colonels se sont tus, comme on se tait par respect après la sentence d'un juge, ou bien comme le silence après un cauchemar dont on se demande si on en est sorti... ou pas. Le silence a dû se poursuivre longtemps —sans même qu'un ange y passe—, avant qu'on entende l'un d'eux, avec la petite voix fragile et hésitante de ses victimes :

—Vous allez... nous tuer ?

—Mais non... juste un service à un ami, une histoire de pari... Bref, je dois vous montrer de votre vivant ce qui vous attend de l'autre côté, avant que vous n'y alliez quand vos petits corps seront épuisés... Ça va prendre du temps : quelques jours ou quelques semaines. Mais il y a de l'eau, et de quoi manger, alors vous ne mourrez pas de faim... du moins, pas tout de suite.

155

Dans son dos, le robinet d'eau au petit lavabo des tortionnaires s'est mis soudainement à débiter un flot puissant, en même temps que le cadavre sans tête s'est lentement relevé jusqu'au-dessus de la table, comme un plat qui n'attend que d'être servi !

— Manger le… Oh non, jamais jamais !

— Mais si, bien sûr que vous le mangerez ! Et toi, l'inventeur, tu mangeras même de sa cervelle, ou celle de ton copain tiens, puisque tu as toujours voulu savoir ce que c'était que de manger la cervelle chaude et frémissante d'un homme qui te regardait encore de ses yeux grands ouverts… Et tu sais pourquoi tu n'avais jamais encore osé assouvir ta pulsion de « *bête* » petit joueur ? Parce que tu as toujours craint le regard de Dieu ! Même ici, même les volets fermés et les lumières éteintes, tu as toujours eu peur qu'il ne te voie et qu'il te juge. Eh bien, maintenant je peux te dire que tu vas le faire… Dans quelques jours, quelques semaines que nous allons passer ensemble… Tu vas le faire sans que je ne te demande rien… Et tu sais pourquoi ? Tu vas le faire, parce que tu seras enfin convaincu que Dieu ne te regarde même plus !

* * *

Au dernier étage de l'immeuble des renseignements, s'approchant de la fenêtre aux stores bien fermés et rougis d'un sang chaud qui dégouline encore, la Bête haletante, au visage tout éclaboussé, vient en écarter quelques lattes et plonge son regard vers l'horizon. Là-bas, plus loin que les collines et les vallées, il y a un lac de montagne, et une jetée de bois qui s'avance dans les eaux claires et paisibles des *Erzgebirge*. Tout au bout, il y a un banc qui fait face aux eaux... un large banc, et à côté, un homme qui vient s'y asseoir.

C'est Hans Jacob qui vient sentir la Vie !

Il vient sentir l'air pur sur son visage, humer les parfums d'algues et de coquillages collés aux pieux de bois. Il vient écouter les vaguelettes qui se brisent autour de lui, et retrouver la sensation du vent dans ses cheveux... ainsi que la caresse de sa Julia, à côté de lui, dont il perçoit la présence, dont il entend le murmure et devine les sourires.

Elle est là, débordant de vie dont elle lui donne toute la chaleur. Elle l'accompagne et l'accompagnera encore, avant que lui, un jour —tant qu'il y a des jours—, ne s'en aille à son tour, et la rejoigne.

* * *

Et du haut de la tour, au travers des lames de rideau couvertes de sang, la Bête observe l'homme, au loin sur la jetée. D'une curiosité sans égale, elle le scrute avec attention et un intérêt pour lui qu'elle ne se connaissait pas elle-même. Elle sent le cœur de l'homme, qui bat pour une autre... et qui du même coup, emballe le sien !

Elle voit aussi ses lèvres, qui parlent et qui rient... Alors tout en soupirant, elle attaque doucement les siennes, encore rougies du sang de madame Godberg.